PAPÉIS
DE
MARIA DIAS

PAPÉIS DE MARIA DIAS

LUCI COLLIN

MEMÓRIAS PÓSTERAS

ILUMINURAS

Copyright © *2018*
Luci Collin

Copyright © *desta edição*
Editora Iluminuras Ltda.

Capa e projeto gráfico
Eder Cardoso / Iluminuras

Revisão
Milagros Luna
Iluminuras

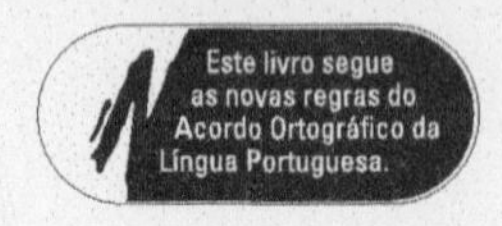

CIP-BRASIL. CATALOGAÇÃO NA PUBLICAÇÃO
SINDICATO NACIONAL DOS EDITORES DE LIVROS, RJ
C673p

Collin, Luci, 1964-
Papéis de Maria Dias : memórias pósteras / Luci Collin. - 1. ed. - São Paulo : Iluminuras, 2018.
120 p. ; 21 cm.

ISBN 978-85-7321-587-8

1. Romance brasileiro. I. Título.

18-51155 CDD: 869.3
CDU: 82-31(81)

2020
EDITORA ILUMINURAS LTDA.
Rua Inácio Pereira da Rocha, 389 - 05432-011
São Paulo - SP - Brasil
Tel./Fax: 55 11 3031-6161
iluminuras@iluminuras.com.br
www.iluminuras.com.br

pra Maria Valéria Rezende
pro Flavio de Souza

ÍNDICE

I. Todo criador é um demiurgo, 13

II. Reler as passagens e reler as flores, 33

III. Não entendo porque é sempre noite, 53

IV. As chaves são ossos, 71

V. Todas as palavras são um voo cego, 87

VI. Por fim, 105

Retirado o pêndulo, poderiam esconder-se uma criança
e seu cão na caixa de madeira do relógio.

Osman Lins

I.

— Todo criador é um demiurgo
— Isso é mentira.
— Ora, você não sabe o significado da palavra demiurgo.
— Ora, você não sabe o significado da palavra mentira.

Maria Dias nasceu aqui mesmo onde seu pai era rábula e sua mãe dactiloscopista, seu padrasto era dono de uma banca de jornais numa esquina e a madrasta telefonista numa loja de móveis de escritório. Sempre viveu na sua cidade natal tendo viajado apenas uma vez, para Nova Prússia, acompanhando a Tia Amelhinha, irmã mais velha do pai, que ganhou as passagens num bingo.

Por preguiça de explicar o que seus pais (Hugo e Dalila) faziam — e as pessoas sempre perguntavam o que é que eles faziam de fato — Maria Dias muitas vezes disse que era órfã. Mas traía-se quando contava uma história com "a mãe disse ontem" ou "o pai sempre fala". Mentia.

Memórias futuras. Escritos que jamais pretenderam ter valor literário querendo ser apenas registro despretensioso de momentos maiores e menores na existência de uma Maria Dias. Matematicamente falando ela teve mais momentos menores na vida do que o contrário, mas acredita-se que isso segue um padrão de normalidade suportável.

Consta que Maria Dias não tinha talento para narrativas ou achava que não tinha ou tinha mas não demonstrava ou se esforçava mas não era genuína a sua voz ou era genuína mas não se esforçava ou não era a sua voz efetiva. Às vezes Maria Dias nem escreve, só pensa.

Consta ainda que Maria Dias, há muitos e muitos anos já, morrerá sem saber que seus papéis seriam encontrados. Que foram encontrados no fim das contas. Que nunca se ouviu falar deles.

Um personagem é ou pode ser um meio do escritor.

Reláxias

e entrelinha e estrela são igual começos são nexos que reverberam são os mesmos seixos vistos são as algas vindas são auroras são a prontidão das manhãs puras são taxias e então o início é sexo do mundo é a volta do exílio é melodia é medula é sinal no dedo as linhas a cor que corre nas veias são os mesmos rios de caudal único que é indício que é orifício que é olfato que é zelo são cadeias são movimentos da dança são os passos e então principio sendo o súbito o púlpito o esmero a cidadania do avesso do discurso esvazio descompasso apago o umbigo afago o impulso e respiro e reviro e cifro e pronuncio um descanso sobre um verde macio sobre isto revela-se relva que é só um livro em si sobre alguém em si mesmo sem rumo preciso só ritmo e vício de plenilúnio e tudo e muito pelo contrário um plano de voo um itinerário um panfleto distribuído às traças quem sabe um suspiro um cabeçalho a prece do místico a rima do rouco veludo do vocabulário o âmbito destro e o frasear das uvas plenas do inventário e vindima e suco e vazão e colheita e cor do tinto do absinto do abstrato do córrego do desenho avulso do pálido trigo em arremedo de infinito do roçar das coxas do sussurrar do líquido ao tomar a forma do jarro do jorro do boneco que dança quando as cordas se orientam as velas que recebem fôlego as sapatilhas que se multiplicam no corpo de baile corpo de astros corpo de argumentos de lembranças de pedaços que voltam de frases que ficaram em suspenso e invento e invenciono e convido e confecciono e retiro lá de dentro o recado o código o acorde o acórdão o sismo o sopro e entremeio e entressafra e portanto valem como tesouro na construção do rebuliço das asas deste texto um minueto dos papéis ao vento

Na outra vida

Cadê a caderneta? Ai, cabeça! deixei lá perto do micro-ondas quando fui atender o telefone. A Dinara anda tão vaidosinha! Não falou nada, mas aí tem! E depois diz que não corre atrás de homem. Saco, tenho que voltar na cozinha bem agora que sentei.

Cadê a caneta?

Que que é hoje mesmo? Ah, é 15 porque ontem foi aniversário da Nildete. Era 14. Nunca tinha comido rocambole prestígio. Bem bom. Aquela camiseta de time do Laércio tava infame.

Hoje quero deixar registrado aqui que eu achei uma furada aquela mulher! Metida inclusive. Tudo bem que acertou na mosca pra Dora, o Laércio [de Química] achou o máximo, mas pra mim não deu uma dentro!

Quero deixar registrado que *não estou questionando* se ela é boa, acertou pra um monte de gente lá do Colégio, garantiu que ia dar certo a licença-prêmio da Izoleta e deu, não é isso, *não estou criticando*, quero deixar isso bem claro, só não deu certo *pra mim*, falou uma porção de bobagens que não batem. Tipo aquilo que ela falou de um japonês que vai aparecer na minha vida. Não conheço nenhum japonês. Vai aparecer daonde? Tá, tô andando na rua e brota um japonês da calçada?

E aquilo de revelar o que que a pessoa foi na outra encarnação? Pra mim teria sido importante. Eu me ligo nisso, acho bonito. Não tenho vergonha de admitir. É *uma coisa íntima* que por algum motivo eu valorizo. E fui lá nela mais pra saber essas coisas de vida passada. *SIM, eu tinha uma expectativa*!!! Pra Sirley ela falou que na outra vida ela tinha sido uma dama da corte de Luis XV. Achei bacana. Pro Samuel [quase nunca falo dele aqui — ele dá umas aulas de matemática — pegou poucas] falou um índio americano, um tipo de líder numa batalha. A Dora foi uma cigana e tem tudo a ver com o jeito dela até hoje. O Lineu foi um compositor clássico daqueles bem importantes. Tipo Betôven (como é?) mas não era Betovhen (tem um agá não sei onde), esqueci o nome. Shu... alguma coisa. E é fato que o Lineu toca violão super bem [não vi ainda, mas a Jussara comentou que ele debulha]. E eu? Que miserável! Não podia ter sido Napoleão, Cleópatra, Lady Di, Saci Pererê, sei lá!! Tudo bem se não fosse desses grandes mas alguma coisinha mais impactante, pirata, amante de Dom Pedro I, tinha tantas! alquimista na Idade Média, até bruxa que morreu na fogueira teria certo glamur! Nada. Eu fiquei tiririca. Não demonstrei, claro, não ia dar o gostinho pra aquela metida, mas saí de lá *bem* frustrada.

Por isso agora vou escrever aqui quando sobrar um tempinho. Pra registrar a incompetência daquela vidente; vidente não, "sensitiva" é a palavra que usam agora. Frescura. Quando eu era pequena todo mundo aqui de Cel. Rivôncio falava "vidente"! Tinha a Dona Eglantine a umas duas quadras ali de casa, umas três, com cartaz de cartolina na janela. Vi-den-te. Ela ganhava uma grana preta porque adivinhava tu-do! Mas adivinhava mesmo. Quantos chifres ela não revelou lá na vizinhança! Seu Anselmo da Marieta. A Terezoca do Seu Romeu. A gente falava "sortista" também. Agora virou "sensitiva". Achei uma porcaria a mulherzinha, isso sim. E caro, que tá cada vez mais difícil chegar no fim do mês e ter dinheiro pra essas bobagens. Deu até raiva. Podia era ter comprado a botinha. Vi por 79 bem linda.

Falou que na outra vida eu fui eu mesma. Professora, inclusive. Tem graça isso?

Movimentos de sombra
(Engendramento)

Podia ter alimentado uma figura de substantivos plenos, lucro, esposa, chaves, filho que ganha medalha em competição, porta de entrada. Saída. Mas me rendi ao encanto de criá-lo displicência, unhas sendo roídas, contas a pagar, cabelo engordurado, dor de dente, blusa puída no cotovelo. Pura invencionice, bobagem talvez, mas sofro a cada parágrafo que se inaugura, nos quais ele expõe vicissitudes. Nas madrugadas em que permanece insone, sofro o desconforto da mão que rege, que altera o andamento proposto, que acrescenta uma fermata. E, no entanto, às vezes desligo esta geringonça, vou à cozinha com apetite sem remorso. E simplesmente me esqueço. Já não sei se sofro tanto. Quando volto, lá está ele fidelíssimo, olhar dependente de criatura. Rio por dentro. Faço cara de quem entende, de quem ordena da melhor forma, de quem domina os finais. Dei a ele uma emergência por dentro, aquela coisinha que incomoda. (Reflexo da minha própria insolvência? Não. Por quê?).

Acorda letárgico e como que pensa. Escolhera aquela moça. Aquela mulher única. Pela tristeza dos olhos de turvo passado. Pela delícia das curvas. Pela doçura do sorriso. Parafraseou um poeta. Nem tão propriamente. Nunca tem dinheiro para as flores. Faz mesmo muito calor. Agora nitidamente ele pensa. Nem sempre dá tudo certo. Quem será que isso decide? As palavras tremem. Depositara todas as fichas em um único número. Nem sempre vermelho vinte e sete. Olha pra ela. Lustra lembranças impressionantes. Poucas. Melhor continuar calado. Mas ela pergunta. Ela pergunta. É uma pergunta.

Um palco, ele reúne eficiências, mas tomba antes das vozes. Diante dos olhos, daqueles olhos tão entardecidos. Ensaia convergências, premedita profundidades. Ela riu um pouco mais do que devia e ele se encolhe. Sóbria proximidade. Vozes de dentro do poço. Ele junta firmemente as mãos em consolo. Reza um oco sem alfabeto. Rasga por dentro. De novo? Por que é que tudo se repete? Ela outra vez sorriso desavisado ele foge. Observa.

Veja: votos. Veja: solicitada intervenção. Embora teórico lido e relido, o solicitante que ele é não tem ferramentas. Aquilo de coração acelerado.

Tudo que é mudo

Tô só olhando. Obrigada. Não vou comprar não vou cumprir não vou tocar não vou apertar não vou comparar não vou discutir. O preço o tamanho a cor a qualidade a falta de qualidade a densidade a textura o material a durabilidade a sinceridade do produto. Tô só olhando, obrigada. Se eu quiser eu te aviso eu te digo eu te chamo eu te ligo eu entro em contato mando uma mensagem um cabograma um whats quebro o vidro eu grito. Não vou perguntar a procedência. Tô só olhando. Não vou perguntar o endereço. O nome da mãe. A idade. Onde está a mãe da criança? A mãe, sempre culpável, não deu educação. Isso vem de berço. Não vou perguntar o número. Tudo bem, se eu quiser eu peço um mais folgado, uma menor, um mais justo no quadril, um mais largo aqui nessa parte aqui ó. Um mais barato. Um mais em conta. Um mais vistoso. Fico sabendo em quantas vezes, em quantos meses, em quantas estações, em quantos carnavais, qual a taxa de juro, qual o valor do desconto, o percentual aplicável. Se aceitam cartão. Fico sabendo se tem tendência a desbotar, a encolher, a manchar, a soltar tinta, a se deformar com o calor ou com o tempo ou com a crítica. É, se fosse, seria pra mim mesmo. Seria pra mim. Não, não é presente. Tô só olhando. Não estou procurando presente. Não é nenhuma lembrancinha. Não estou procurando vaga. Não estou procurando sarna. Não vou pedir desconto. Não precisa embrulhar pra presente. Não precisa da sacolinha. Levo na mão. Levo nos olhos. Levo uma eternidade pra decidir entre azul ou vermelho.

Happyster

Quando a Sirley me passou o telefone do psicólogo — Dr. Pércio Eliseu Gomes — eu achei que ela estava me chamando de louca! Mas foi bem sutil, foi bem querida, ela é suuper querida, deixou o número num papelzinho bem dobrado em cima do Livro de Atividades — Professor. Eu achei que era bem mais velho com esse nome antiguinho. Quando ele abriu a porta, incrível, eu já senti um troço. Já entendi, na hora, que a Sirley estava mesmo certa e que eu precisava de um tratamento com profissional especializado. Não sei como é que passei tanto tempo — a minha vida toda! sem procurar um profissional gabaritado. A terapia me abriu a cabeça me fez jogar muita coisa fora muito conceito vencido muita angústia desnecessária. Desde o primeiro dia eu achei aquilo um espetáculo. Por isso que tanta gente fala bem de terapia. Não sei porque demorei tanto pra experimentar eu mesma. Pois fui um mês inteirinho, bem rente, uma vez por semana. Era meio caro porque ele não tinha o meu convênio, mas valeu muito a pena o tratamento. A primeira coisa que já deu liga é que ele, além de psicólogo, também tinha dado aulas numa faculdade na cidadinha aqui do lado, em Vitória do Seno, então compreendia bem a fundo a vida e os problemas da gente que é do ensino, que que a gente pleiteou com a última greve, os casos de desvio da merenda escolar, como tá difícil lidar com essa meninada hoje em dia que só fica pendurada no celular! Ele entendia tudo. Esse foi o maior fator, o lance principal pra que se estabelecesse um clima de confiança mútua entre nós dois. Me senti segura. À vontade. Me abri e contei muitas coisas íntimas que eu nunca tinha contado pra ninguém antes. Nem pra Dinara.

Me expus. Chorei um monte. Ri também, mas menos. Às vezes até as tragédias da vida, que na hora foi um sufoco, quando a gente reconta de novo fica engraçado. Isso aprendi com ele. Ele é preparado demais — fez Especialização e tudo. A parede do consultório tem bem uns cinco seis diploma na moldura. E um professor dele até convidou pra fazer Mestrado.

Aí no quarto encontro as coisas mudaram e a gente viu que a situação paciente-psicólogo tinha extrapolado os limites e não dava mais pra controlar. Não tinha porque controlar, enfim. Mas isso fica pra outro dia, que agora vou dar um pulo no Monte Verde pra pegar queijo ralado e a bolacha maria pro pavê que o Pércio adora. Ainda bem que aprendi a fazer esse. Ah, alguma coisinha pra segurar eles a gente sempre sabe.

Outras primaveras verão

Eu detestava a Tia Amelhinha. Nunca falei isso pra ninguém.

"É tua madrinha!"
"É uma mulher santa!"
"Toda vida te encheu de presente, mal-agradecida!"
"Trocou muita fralda tua!"
"Sempre te deu ovão na Páscoa!"
"Abriu a poupancinha pra você!"
"Quando você teve coqueluche ela vinha todo dia te paparicar!"
"Na tua primeira comunhão ela que custiou as luvinha!"
"Quantas vezes te levou no circo!?"
"Trazia amor-em-pedaço toda semana só porque você gostava."
"Assumiu as prestação da enciclopédia que o Lico não venceu!"
"Lembra quando você precisou da estola de pele?"
"Quando foi pra arranjar fiador pro Édison ela serviu, né?"
"Inteirou a matrícula do teu curso de computação!"
"Usaram dois mês o fuquinho dela quando a Brasília fundiu."
"Nunca incomodou nin-guém da família!"
"Sempre foi um pé de boi!"
"Nunca pediu um tostão emprestado!"
"Solteirona porque quis, que teve pretendente sim!"
"Nunca reclamou."
"Te deu o aparelho de jantar completinho!"
"Deixou o terreninho pra você!"
"Ara, uma xícara faltando bem-dizer é completinho sim!"

Fogo santo

O meu pai morreu o meu pai é viúvo o meu pai nunca mais existe quem sabe quando existiu. A minha mãe é severa ela é rígida sempre deu a melhor educação para as crianças e elas são educadíssimas são felicíssimas. A casa era um brinco a casa era uma bagunça a casa eram muitas. Minha mãe é uma fotografia minha mãe é o nome escrito na primeira página de um missal antigo antigo e a letra é de criança. Minha mãe é a severidade em pessoa. Tem-se que ser firme.

Minha mãe era ausente e ficou viúva e divorciou-se e desquitou-se e morreu antes de que tudo acontecesse. Teve uma doença no peito teve uma renúncia teve um afundamento, morreu de parto viveu mais de noventa anos teve um piripaque quando moça e caiu dura foi uma rajada de vento que ela pegou uma rajada de sina. O pai a mãe de Maria Dias de todas e de todos era perfeita era infeliz era relapsa era distraída era uma mãe impecável.

Ele casou-se novamente.

Ela casou-se novamente.

Eles nunca foram casados.

Eles nunca se separaram. Eles nunca morreram.

O padrasto era dono de uma banca de jornais. O padrasto era um pai para ela. O padrasto levava a menina e ela ficava lá sentada no colo daquele homem. Na banquinha de jornais e revistas. Ela ficava no colo daquele homem que suava. Daquele homem que suava frio. Na banca de jornais revistas cheias de notícias boas e catastróficas na banca de doces e cigarros avulsos e pedra e fluido para isqueiros. Na banca de jornais com manchetes inacreditáveis. O padrasto a menina e aquilo entre eles. Carícias?

A mãe de Maria Dias e o pai de Maria Dias sempre se casaram muitas vezes e jamais pensaram em se casar mesmo. Diversos cônjuges. Nomes e sobrenomes pululam. Muitas casas diferentes, ruas inúmeras, não deu pra decorar mais do que três. Muitas madrastas e gente entrando e saindo da casa do chuveiro das camas e os lençóis sendo trocados e os endereços.

A madrasta de Maria Dias era telefonista numa salinha numa pequena loja de móveis para escritórios móveis especialmente desenhados planejados serenamente ergonomicamente para ambientes de trabalho. E Maria Dias passava as manhãs no colo da madrasta que era solícita com os clientes. Era solícita com tudo e com todos. Passava as manhãs chuvosas e as manhãs ensolaradas sempre sentada no colo da madrasta que não a deixava sair porque chovia muito porque o sol estava muito forte.

Maria Dias todas elas passavam manhãs inteiras ouvindo vozes de maciez inquestionável. Em meio a móveis projetados em meio a notícias em meio a mãos que a acariciavam em meio a silêncios obrigatórios. A madrasta a menina.

No verão e no inverno fazia um calor insuportável no grande corpo daquela salinha no grande corpo entre as revistas nos grandes corpos de regozijos impalpáveis.

Novas

Professora registra B.O. acusando aluno de assédio — Maria A. Dias, professora, acusou aluno de 14 anos de tê-la assediado dentro da secretaria do colégio. O agressor, não identificado, fugiu após a tentativa e encontra-se foragido. Outros alunos declararam que perceberam que o colega recentemente se comportava "de modo estranho" quando se tratava da professora, que comentou o crime nas redes sociais e postou imagens do boletim de ocorrência registrado no 8º. Distrito Policial, na Vila Tundra.

Ao chegar ao trabalho professora sofre sequestro-relâmpago — A professora Maria B. Dias, ao chegar para mais um dia de trabalho, foi abordada por quatro alunos armados na frente do Colégio Leopoldinense, onde a mesma estacionara seu automóvel. Passantes que assistiram à cena relataram que os alunos só queriam levar o carro, mas a professora retrucou e foi levada junto. Duas horas após o sequestro, a docente foi deixada num terreno baldio em uma cidade vizinha. O carro, segundo a polícia, não era de grande valor.

Professora sofre lesões e cárcere privado — Cinco alunas torturaram a profa. Maria C. Dias, em uma casa no bairro Juazada. Ela teve os cabelos e as unhas cortados bem rente e depois foi abandonada na frente do Colégio onde trabalha. O crime teria sido motivado por uma dívida que a madrasta da professora contraíra para com uma das alunas. A vítima procurou a polícia, mas o delegado, alegando estar muito ocupado com outros crimes, não registrou o BO.

Quadrilha é desbaratada mas vence — A professora Maria D. Dias sofreu atos violentos dos próprios alunos após denunciar a venda de produtos eróticos em sala de aula. A educadora apreendeu amplo material em posse de quatro alunos, mas a direção do Colégio não se responsabilizou pelo ocorrido. Um aluno contou que o professor de Geografia sempre comprava e elogiava os produtos. A pedido de pais, a mestra será removida para outra unidade de ensino local.

Imortal em 17.0°N 6.8°W - 35 km x 3.5 Km

Christian Wolff (ou Wolfius) nasceu na Breslávia em 1679 e depois que recebeu um título de nobre passaram a chamá-lo de *Christian Freiherr von Wolff*. Aos nove anos se apaixonou por uma garota da sua escola, a Anette Gertruida Sofie Manteuffel, mas nunca aconteceu aquelas coisas de se casarem no futuro próximo. Ele trabalhou na Universidade de Halle que era sede do pietismo. Ele estudou muito a vida toda, popularizou o deísmo e, entre outros feitos, glorificou Confúcio e Leibniz. Era muito intelectual e insistia que, vou ler:

"Tudo pode ser provado, acho eu, inclusive Deus e a imortalidade."

Muitos foram contra (os pietistas, principalmente) essas teorias e Von Wolf acabou sendo banido de Halle. Então ele se tornou racionalista e, depois de uma temporada longe, pode voltar. Von Wolff é tido por todos como criador do alemão como língua da pesquisa acadêmica, mas também era fluente em latim e às vezes escrevia em latim para que todos pudessem entender sua obra. Foi fundador de vários campos do saber como: economia e administração. Deu muitos conselhos científicos práticos para governantes com dúvidas, como por exemplo, Pedro, o Grande. É autor de: *Dissertatio algebraica de algorithmo infinitesimali differentiali*, *Elementa Matheseos Universae* (em 5 volumes), *Vernünftige Gedanken von den Kräften des menschlichen Verstandes* e de (desculpem a pronúncia que nunca me dei bem com idiomas) *Anfangsgründe der aller Mathematischen Wissenschaften*. No fim, a pedido do então rei da Prússia, foi até reitor da Universidade de Halle (de onde tinham expulso ele) e ali ele permaneceu até 1754, considerado o ano da sua "morte".

A montanha "Mons Wolff" na Lua recebeu esse nome em homenagem a ele, já pensou?

Na sua famosa obra *Cosmologia generalis* ele fala da origem dos homens e do mundo e afirma que tudo é como uma cebola que a gente vai descascando sem muita pressa. Tem muitas camadas até chegar no centrinho. No miolo da coisa. Ah, descobri que a palavra "cosmético" vem de cosmos. Mas o mais interessante foi essa: quando a gente descasca toda a cebola sobra que ela desaparece.

Esse foi o livro que eu li essa semana e que me chamou a atenção e por isso quis trazer pra discussão aqui do nosso grupo.

— Dá licença, você não esclareceu que o racionalismo apriorista fundado por Wolff chegou até nós designado como "racionalismo dogmático de Leibniz-Wolff"!

— Desculpa, gente. Isso esqueci.

Ter sentido

Para macular tanta brancura porque a manhã e todas as manhãs
devem ser infinitas e precisas
e porque venta e os desenhos do horizonte se vergam
e para desobedecer a previsão do tempo que era secura aspereza
sede e dificuldades aos olhos e às mãos
e para expor as feridas para falar de tecidos rasgados recozidos
invisíveis inclassificáveis
para denunciar o pó sobre os móveis para embaraçar para dificultar
os trejeitos mecânicos para fazer rir para fazer gargalhar para rir
escondido e sem culpa para rir sendo charme sendo a última
possibilidade sendo um trejeito sendo um acontecimento e
para relembrar beijos para relembrar desejos para relembrar aquelas
noites que duram infinito e
para sentir o vento novamente

II.

— Reler as passagens e reler as flores.
— Nada respira infinitamente se não existir em som.
— Nada existe se não respirar à luz.
— Coloque as palavras no papel mas dê-lhes chaves.

Nascida aqui mesmo, Maria Dias surpreendeu a todos ao decidir dedicar-se ao estudo do sistema venoso central da *Yucca Filamentosa*. A filha (a mais tímida entre todos) parecia ter um futuro brilhante na carreira escolhida pelos pais, Dorothy e Arnésio: o ensino do violino clássico para crianças. Quis ser outra coisa.

Há boatos de que Maria Dias sempre teve preguiça de trocar as cordas do instrumento. E elas arrebentavam. Volta e meia arrebentavam. Talvez os pais não tivessem condições financeiras para adquirir encordoamentos de melhor qualidade. Maria Dias tinha muita preguiça quando o assunto era: trocar cordas. Mesmo na vida adulta, nunca se deu bem com acessórios, diga-se de passagem.

Os irmãos de Maria Dias, em número de quatro ou cinco, acataram tranquilamente a sugestão dos pais, Dorothy e Arnésio, e foram todos músicos. Em tenra idade ainda, conseguiram um contrato bastante satisfatório com o Grandioso Circo Vidya; a carreira itinerante da "Bandinha", como logo ficaram conhecidos, obrigou os pais de Maria Dias a deixá-la aos cuidados de uma tia-avó.

Há boatos de que sem o auxílio da tia-avó Grisélide, Maria Dias jamais teria conhecido a *Yucca Filamentosa*.

A *Yucca*, a atenção devotada, ao longo de anos, ao estudo da *Yucca*, renderam momentos de glória a Maria Dias. Poucos, talvez, e dos quais não há registros. Não há diário pessoal de Maria Dias pois esta jamais foi estimulada a iniciar algum. A tia-avó Grisélide não nutria gosto pela literatura criativa, excetuando-se a escrita científica. Manuais de ciências aplicadas eram abundantes no quarto, na sala, no banheiro, na lavanderia do apartamentinho de ambas.

Maria Dias sempre esteve tão entretida com a *Yucca Filamentosa* que nunca achou a tia-avó Grisélide meio esquisitona. Nem percebeu.

Loqui

Isso que vai no peito, leito de um rio às vezes transbordante às vezes transato às vezes cavo. Quando a anunciação do desterro, aquilo que se sabe de tempos e se engole em seco. Isso que dói bastante e às vezes tão menos que surpreende ao ficar leve e dizer-se.

Tudo isso, esse alvoroço e vermelhos que se transformam em traços, em espelhos, em tentativas de zelo, em gestos sobre o branco uma melodia um grito, um silêncio tão fundo que a gente ora finge ora acredita que vale a pena. Isso sobre os dias e as auroras, sobre aquelas flores que agora o orvalho, sobre aquelas flores que agora menos as pétalas, sobre ocres vencidos e recorrentes: isso o esboço.

Isso o siso o esqueleto a pele e a troca, o que se encosta em que se esbarra o que resvala o que roça. O ouvir-se sinos e depois aquele lembrável permanente. Isso antes mesmo dos soluços no meio da noite dos gemidos no meio da noite do sorriso no meio da noite do cansaço. O referido o reconto o alocutivo, esse o brancor múltiplo que se abre aos olhos que se resolve lençol alvura como se fosse esse o que se oferece senda trilha estrada.

Branquidade e brotação.

E é isso que passado a limpo se espalha se eviscera sobre outros brancos. E é isso que contará nossa história feita de outras e contudos. Máximo mesmo: talha da pena sobre o papel. Isso. Isso sobre.

Isso sobre o branco.

Pessoalidades

Não se pode dizer que Maria Dias jamais teve amigos porque teve muitos colegas no laboratório. Era um laboratório científico. Havia vários homens ali e várias mulheres trabalhando cientificamente horas a fio, semanas vidas inteiras. E todos faziam aniversário. Assim, todo mês tinha um aniversariante do mês e até dois às vezes e o próprio laboratório financiava um bolinho ou dois, mensalmente. E cantava-se parabéns à você duas vezes: uma vez mais lento e compassado e, na segunda, com grande frêmito e sofreguidão. Velas, nunca. Velinhas, sabe daquelas de bolo? Sim, de assoprar. Dessas não teve nunca, que se lembrem. Talvez por medida previamente estabelecida pela engenharia de segurança do prédio; talvez por desatenção e esquecimento, apenas.

Amigos, teve. Maria Dias sabia reconhecer cada um dos seus fiéis colegas de trabalho. Era um local de trabalho científico. Ela os reconhecia tanto pelo nome quanto pelo rosto. Decorara os nomes, depois de tantos anos de convívio fraterno. E sabia com precisão em que escrivaninha sentava-se Emília, Dr. Élzio, Dorinalva, o Lima, Maria Leda, Vicentino, Tadeu Costa, e mais uns dois três outros nomes dos quais, no momento, me esqueci. No dia de seu aniversário ouvia muitas vezes a palavra: Parabéns! E uma vez, com certeza isso, ouviu uma voz dizendo: Parabéns, querida!

Totalmente dedicada ao registro científico da *Yucca Filamentosa* Maria Dias não era dada a lembranças. Mas duas vezes lhe ocorreu — uma no refeitório e outra na pia do banheiro do laboratório enquanto passava argutamente o fio dental —

de vir uma imagem de infância: uma menina lhe contara num aniversário de criança ou no fim da missa enquanto os adultos conversavam na frente da Igreja ou num passeio da escola ou foi só impressão ou mentira contara que: o padrasto brincava de um jeito muito estranho com ela. Ou foi a madrasta? Fazia umas coisas bem estranhas com ela. Bom que seus pais estavam longe e, que soubesse, não tinha nenhum padrasto. Nem madrasta — que alívio! Lembra-se de que a menina nem era daquela cidade. Era de Coronel Rivôncio e estava de férias ali em Nova Prússia. Então não pode ter sido na escola. É, não. Talvez na missa mesmo. O Padre que chegou ali na nossa paróquia, não lembro o nome, era magrelo e fedia naftalina. Ele veio de uma cidadezinha de perto, acho que de Vitória do Seno. Era bem chato e pronunciava "sacrifício" errado.

O Lima achava esquisita aquela moça que só pensava na *Yucca*. Mal voltava um Bom dia! Foi bem esquisito aquilo dela, naquele noite depois do expediente, quando estavam só os dois [tinha o Adamastor na Portaria, mas nem conta] no laboratório, ter chamado ele pra ver se era vírus no pc que tava deixando a máquina lenta. Bem esquisito ela ter falado aquelas coisas. Daquele jeito esquisito, assim bem direto ao ponto. Ele nem era bonito. Sabia que nem era. Nem era sarado, tipo nem fazia nenhum esporte nem academia. Que doideira! E era casado há um tempão com a Sheilinha, uns seis sete anos já, descontando o noivado. E era um cara pacatão, meio da Igreja — ah, não ia muito, mas era. E nem nunca tinha dado em cima dela. Se fosse a Maria Leda, ainda. Mas já que estávamos lá, né? Morto, não tô. Mas foi bem esquisito aquilo tudo que aconteceu ali mesmo. Rapidão. Parece até mentira que aconteceu. Que doideira. Nem contei pra ninguém que nunca iam acreditar. E depois, não quero confusão com a Sheilinha; qualquer coisa eu nego de pé junto. Ali mesmo, meu! Mesa de trabalho forrada dos relatório. Já tinha visto assim só em filme, naqueles videozinho. E no dia seguinte ela voltou bem fraco o Bom dia!

Já foi dito aqui que Maria Dias jamais escreveu uma linha sobre sua vida pessoal. Contudo, vale lembrar que esta legou-nos centenas quiçá milhares de páginas sobre a *Yucca Filamentosa.* Lendo-se certos fragmentos desses relatos, pode-se inferir questões que nos remetem ao estado de espírito (no caso, não apenas científico) da autora:

> Y. constatou que aquele treco, afinal, era muito mais sem graça do que prometia a propaganda mandada por e-mail. Bem, talvez Ys e acessórios sejam incompatíveis. Dado elegível para teste. (*Relatório — Sistema Venoso Central da YF — Tomo 16, p. 209, linhas 36-37*).
>
> Comprovado, após teste com matriz real, que a satisfação fica na mesma proporção que a prometida pelo acessório. Talvez a mostra deva ser colhida em outro ambiente que não a mesa de trabalho, mas tem-se encontrado dificuldades em obter cobaia para experimento. (*Relatório — Sistema Venoso Central da YF — Tomo 16, p. 505, linhas 61-63*).
>
> "Y. dava sinais (*vide gráfico*) de estar se sentindo arrasada. Se não fora tudo uma ilusão! De nada adiantara ler aquelas revistas femininas com conselhos infalíveis. (*Relatório - Sistema Venoso Central da YF — Tomo 18, p. 706, linhas 12-13*).

— Tu não acha meio esquisita a Maria?

— A Dias ou a Leda?

— A Maria Leda não tem nada de esquisita. Porra, aquela rabeta! A Dias, claro. Às vezes nem responde.

— É nada. Gente boa! É que sempre tá com o foninho no ouvido.

Movimentos de sombra
(Determinismos)

Esse foi ele. Agora dorme. Já que dorme, devo confessar: vem escapando, escorrega e nem sempre atende ao que determino. Não gosto de deslizar para este terreno de desfolhamentos. Melhor acordá-lo, como sempre com aquele gosto ruim na boca, com dificuldade de lembrar exatamente onde está, onde deveria estar, quais são os elementos da tragédia, quem será. Estranhamente longe de mim. Como se conspirasse. Só pode ser a presença dela. Só pode ser a mulher. Tentei conduzir os verbos, mas as adivinhações prescreveram. Afasta-se de mim com facilidade. Isto perturba, confesso. Ela, notícia desimportante, se transformando em manchete. Ele improvisa. A cada vez novidade, vivências, jogos, alvorecer. Os participantes sorriem discretamente antes de entrar na brincadeira. Ele é gentil e possivelmente considera minha precariedade de autor. Trabalho subsequências, aplico perspectivas e então o perfume dela o desestabiliza, resgata informações invisíveis, explica a sobrevivência dos longes, detalhamentos, possibilidades. Ele me foge então. É ela que me rouba a cena. Pontua sabedorias. E eu tento aplicar descobrimentos àquele que eu penso que moldo. Mas me flagro frases inconsistentes. Ela vence. Vencem os dois. E acabo o sobrevivente, comendo um prato de restos. Eu, que aparecera como o senhor das letras e dos descasos (vide parágrafo primeiro), já não domino o que se passa enquanto vou à cozinha. Que olhares se processaram; o que se disse? Ele escapa. Funções recrudescem, adendos, percursos interessantes. Ele se deixa orientar pelo instinto e então me foge. Ela determina os hiatos; aquarela feita de tintas baratas. Eu desespero no arranjo de casos não acontecidos e tento conduzi-lo a ver que eu tenho o controle de tudo. Episódios ralos se desfazem. Ela lhe disse algo em segredo e ele riu. O que terá sido? Nem pareço.

Dela as mãos antes de tudo. Mentira. Dela os dentes sorriso comprometimento. Ele aprendiz espiando trajetos. Inferindo chamas. Repassa métodos e discursos que naturalmente improcedem. Aquelas palavras que sobram. No meio da noite que nunca acaba maravilhamento e cansaço. Dispensa-se o certo. Prefere continuar silhuetas que tocará qualquer outro dia. Outras noites. Registros de ter tido aquela em outra mulher.

Tudo que é mudo

Olho para a manga do meu casaco de negror absoluto. Ando por essa trilha entre árvores sérias e talvez cansadas. Será que se cansam como nós? Terão esse cansaço crônico de sobreviver a cada um dos dias? Ou tudo isso é exclusividade nossa? Fico com a mão aberta e os flocos se acumulam ali — parece um chuvisco que encharca a minha luva. Sensação tão vaga! É minha a inutilidade?

Ando mais rápido na pressa de chegar em casa. Não, nada de especial me espera lá. Só estar dentro. Abrir uma porta (apalpa a chave no bolso). Estar lá. De onde olharei a mesma neve. Olharei por detrás da vidraça e então tudo parecerá diferente e eu também parecerei diferente.

Há ainda o inverno todo. Lenta consumição. O inverno todo para se suportar. Fora e dentro. E a chuva durante meses e este cinza que quase faz enlouquecer. Neva mais. Vejo as crianças brincando nos trenós. Uma menina muito pequena sendo puxada pelo irmão mais velho. Essa é a nossa realidade — somos isso desde sempre: o cinza da neve suja, as pegadas fundas e o frio. Este frio. Corre-se sobre a neve. Escorrega-se em meio a risadas. Não, não há contradição nisso. Para nós, nada é contradição. Os irmãos se abraçam. Dois pássaros sobrevoam o lago. Outra contradição? Os telhados embranquecidos. As estradas embranquecidas. As árvores completamente nuas. Neve sobre os bancos. Será que algum dia alguém de fato sentou-se ali? Neve sobre as lápides. Sobre gárgulas e anjos. Neve sobre as inscrições. Os nomes congelam. Vago sobreviver. Os gestos nem sempre sim.

Dois episódios da vida de Maria Dias são destacados pelos biógrafos e estudiosos em geral como os mais tensos de toda a sua existência:

a. "Eu acho que quem ficou mais abalada de todo todo o pessoal do laboratório foi a Maria Dias. O Diretor ficou, o Adamastor, que foi até amarrado, ficou também, mas ela quem ficou bem pior, dava pena. Passou tremendo e até chorando — eu vi, que eu sento bem rente da mesa dela — bem dizer a semana toda. Vi até tomar um calmantinho desses de comprimido. Não sei se foi porque ela que foi a primeira a ver a bagunça que os bandido tinham feito, tudo revirado, ou se foi porque ela era apegada ao equipamento. Mas a bagunça a gente arrumou, deu um jeito. Não danificaram nada, bem dizer foi mais sujeira mesmo, os papel espalhado, vaso com planta que trincaram. E só levaram, assim de valor mesmo, o gravador de rolo da sala de som. Bem esquisito. Nem tinha valor aquela coisa antiga! Acho que ela ficou com trauma da violência, com medo de ficar aqui até mais tarde como ela sempre fez. Mas hoje em dia a gente tem que ir se acostumando, que estão entrando bem dizer em tudo que é lugar. Na casa do Tadeu Costa entraram foi três vezes num ano e o Vicentino contou que na dele foi três vezes em menos de cinco meses. A Maria Dias sempre pareceu muito fraquinha pra essas coisas da vida. Deu pena dela, que ela ficou foi puro frangalho." (*Relato de Emília Paula Lemes Ramiro, uma das funcionárias do laboratório assaltado*).

b. — Eu devolvo no mês que vem senão no outro!

— Mas eu não tenho todo esse dinheiro! Não sei de onde você tirou que eu tinha!

— Ôrra, Maria, tu é cientista, cheia dos diploma, ganha bem pra caralho aqui nesse laboratório, olha só esse lugar! Vai negar um favor pra um irmão de sangue que tá precisado?!

— Eu nunca tinha lhe visto na vida antes, por favor, entenda! Não tenho notícia da Dorothy e do Arnésio desde que me largaram com a Tia Grisélide! Agora você aparece, no meu trabalho, pra pedir dinheiro. Nem sei se é mesmo meu irmão! Mostra um documento, pelo menos.

— Ôrra, se o falecido pai, que Deus o tenha, ou a mãe subesse que você negou dinheiro pra mim eles ia era chorar de tristeza. Negar uma graninha de bosta pra própria irmandade!

— O documento com o seu nome, por favor. Uma prova de que você é você.

— Que mania essa tua de ter que provar tudo! Vou mostrar é porra nenhuma. Você é muito prevalecida. Enfia esse dinheiro onde quiser. Bem que sempre falaram que você era uma besta, nem quis morar com nós a vida toda, nem ir pro Circo. Tu é é mordida de raiva dessa vida tua, que nunca conseguiu tocar um instrumento direito que nem nós da Bandinha!

Senão a passagem do tempo

Muitos julgarão tediosa a vida de Maria Dias: sem sexo sem amizades duradouras sem festinhas pra ir no fim de semana sem problemas no trabalho sem hora pra levantar hora pra dormir sem sexo sem tendência a engordar sem tratamento de canal pra fazer sem goteiras porque sempre morou em apartamento sem sexo sem estrias sem costelada da firma sem dinheiro contado até o fim do mês sem papada nas fotos sem problema com triglicerídeos sem sexo sem falhas de memória sem galinhada da firma sem filho que pegou uma virose sem ter que adaptar-se a acessórios sem ter que esperar o ônibus na chuva sem sogra sem prestação que vai vencer sem sexo.

Sua morte aqui se resume: depois de anos realizando sofisticados experimentos que intentavam provar o alto poder estupefaciente, narcótico, soporífero da *Yucca Filamentosa* — todos publicados em artigos rigidamente consoantes às normas de apresentação de trabalhos científicos — depois de ter submetido à morte prematura mais de 141 cobaias (entre as quais 39 iguanas, 18 ovelhas anãs, 23 peixes zebra, uma dúzia de polvos de sumatra, 2 morcegos albinos, 9 coelhos angorás e 38 periquitos-da-caatinga, além de um sem-número de baratas) Maria Dias sensibilizou a comunidade acadêmica internacional ingerindo uma dose letal do soro extraído da *Yucca*. Supõe-se que por acidente.

Aparte que lhe toca

Um mês e meio após a morte de Maria Dias, quando o imóvel em que esta morava recebeu novos locatários, foram localizadas no apartamento inúmeras caixas de papelão com o seguinte conteúdo: mais de uma centena de fitas de rolo. O peculiaríssimo material foi prontamente encaminhado ao Instituto de Musicologia da Municipalidade que, após criteriosa catalogação, análise e remasterização, divulgou boletim noticiando que

a) as fitas continham todo o repertório para violino composto no mundo ocidental;
b) o grau de rigor interpretativo das gravações era de excelência e impecabilidade absolutas.

Entre as peças interpretadas, especialistas de renome internacional, como Hans Thenorius Flügelmann e o Maestro Odorino Loyola Sobrinho destacaram: o *Capricho em Ré maior Op. 3 n. 23*, de Locatelli; a *Chaconne da Partita em Ré menor BWV 1004* de Bach; o *Capricho n. 4* de Paganini, além dos concertos para violino de Bártok, Schöenberg, Ligeti e Barber.

Maria Dias foi imortalizada como a maior interprete (póstuma) de violino de todos os tempos, fato que surpreendeu muita gente, mas em especial os vizinhos do mesmo prédio de apartamentos da excepcional musicista, pois estes jamais haviam escutado o som do violino enquanto Maria Dias ali morara. Supõe-se que esta só tocasse em pianíssimo.

Novas

Musicista clássica desmaia em pleno palco — Em decorrência de uma descarga elétrica durante um concerto a violinista Maria E. Dias desmaiou na presença do público. Conforme relato dos colegas, a violinista fazia sua estreia naquela noite e, estando nervosa, não notou um cabo desencapado próximo ao local onde ela se sentara. A mesma, que acabou pisando no cabo exposto e recebendo uma descarga de 312v, permaneceu desacordada por vários minutos.

Perde violino durante assalto — A violinista Maria F. Dias, testemunhando um assalto no centro da cidade e preocupada em socorrer uma das vítimas, soltou o estojo que continha seu instrumento musical na via pública. Um caminhão passou por sobre o mesmo, destruindo-o. A violinista tentou correr atrás do caminhão, mas sem sucesso. Sem condições de anotar a placa do veículo pois tremia muito, Maria Dias não tem de quem exigir ressarcimento.

Instrumento raro é motivo de crime — Na madrugada de hoje a cientista Maria G. Dias, ao sair de seu trabalho foi rendida por cinco indivíduos armados que levaram um valioso violino que a mesma portava. Desconhecendo a utilidade do violino, após tentativas malfadadas de uso, os bandidos abandonaram o mesmo em local próximo ao crime. O instrumento, procedente de Cremona (Itália) era antigo (1707) e está avaliado em aproximadamente US2,6 milhões.

Vacila e é furtada - A profissional da música Maria H. Dias, da Orquestra Filarmônica Municipal, teve seu instrumento de trabalho furtado quando, no intervalo de um concerto, ausentou-se para ir ao toalete feminino. Ao retornar, o instrumento havia sido surrupiado. A violinista declarou que o valor financeiro é menor do que o valor sentimental e não pretende processar ninguém. Entramos em contato com assessoria de imprensa da OFM, mas não houve resposta.

Imortal em 22.0°N 1.0°E - 30 km x 4.2 Km

James Bradley FRS nasceu em Sherborne, na Inglaterra. Foi em 1693. De pequeno ele estudou na Westwood's Grammar School de Northleach; depois em Oxford virou Mestre, Doutor, tirou todo tipo de diploma. Não fiquei sabendo de nenhum buxixo da vida pessoal dele. Só coisa de enciclopédia mesmo. Ele foi vigário e sinecura mas isso eu não entendi. Um camaradinha bem respeitado, Jean Baptiste Joseph Delambre, historiador de astronomia e diretor do Observatório de Paris afirmou que ao Bradley se deve a exatidão da astronomia moderna. Ah, e que ele tem lugar ao lado de Hiparco e Kepler; já pensou isso? Ele ficou muito famoso por duas descobertas importantes na astronomia: a aberração da luz e a nutação do eixo da Terra. Genial, né? Não é só uma descoberta! São duas, percebe? Ele disse essa, que eu achei máxima:

"Bastam três dados para se saber a posição exata duma estrela"

O James e um amigo, isso foi em dezembro de 1725, montaram um telescópio na chaminé da casa do Samuel (o tal amigo) pra determinar a paralaxe da estrela *Gamma Draconis*. Mas a tentativa não deu em nada porque o resultado era fixo, mesmo que eles mudassem as posições de observação. Aí um dia o James Bradley estava passeando no rio Tâmisa e ficou encafifado porque tinha uma bandeirinha no topo de um mastro do barco (barco ou navio, não lembro) e ela mudava de posição de acordo com o movimento relativo do navio (era navio) e não só do vento. Aí, de imediato, deu um clic, um insight: pra medir a paralaxe da estrela ele tinha que considerar tanto a velocidade da luz da estrela (que leva um tempinho pra chegar da objetiva até a ocular do telescópio e eles estavam usando) quanto a velocidade da Terra que, naquele mesmo tempinho, faz a translação em torno do Sol. Baita sacação. Mas quando ele foi publicar o resultado o Samuel já tinha morrido e ele, o Bradley, ficou sendo o único responsável pela coisa toda.

Como? Pode repetir? Ah, sim, sei sim, o amigo dele, o Samuel, morreu de doença mesmo. Nunca ninguém levantou suspeita de crime não! Tudo bem interromper. É importante esclarecer esses detalhes. Também acho.

Bom, tem outro fato que me surpreendeu pra caramba: ele mediu o diâmetro de Vênus. Eu não ia conseguir medir é nada, que eu sempre confundo diâmetro com raio. Eu achei importante a gente discutir essas coisas de aberração que ele descobriu e observou muito, passou anos. Eu achei bacana tocar nesse assunto aqui no grupo.

— Contudo, você não mencionou que as descobertas de Bradley nos levaram à conclusão de que a velocidade da luz é finita.

— É, isso eu esqueci mesmo de dizer.

Ter sentido

para deter-se por alguns minutos para respirar fundo
para manchar a folha em branco para registrar a vida em branco
para pensar que em primeiro plano poderia ser paz
para pedir prazer para pedir que não
para devolver o naco azulado de pão
para falar de galhos para andar na contramão
para pecar e não ser pecado
para pedir água para pedir colo para pedir um minuto a mais
para sorrir de novo para esquecer compromissos
para pedir a sobrevivência dos verdes e a maturação pelo sol
para ser omisso e simples para ser fraco e hesitante
para ressuscitar feito a planta no vaso seco seca
para contar dos peixes boiando
para surpreender os incautos para surrupiar dos cautos
para zombar dos fáticos para avisar a imprensa para aplacar a fúria
para rasgar o rascunho para recompor mantos e magmas
para regar a ideia de infinitude

III.

— Não entendo porque é sempre noite.
— Você deve abrir os olhos e observar.
— Não tenho os olhos compreensíveis.
— Abra-os apenas no escuro.

José, ou Zezinho para nós, nasceu aqui mesmo, talvez por falta de escolha. Teve infância bem feliz, excetuando-se a furunculose e, por três vezes, caxumba (*sic*?). Jamais reportou ter sofrido "bullying" na escola. Não tinha isso naquele tempo — refiro-me à palavra.

Os pais de Zezinho, Divoney e Aspásia, eram idosos quando se deu a graça da concepção (boatos de que tinham certa letargia de realizar a prática sexual). Milagre que a senhora meio que entrada em anos gerasse aquele lindo bebê! Falou aos 12 meses e andou aos 15.

Aos oito anos Zezinho pensou em ser bombeiro, dentista, consertar panelas como o Seu Ivo; com nove quis ser cantor de rádio, vendedor de enciclopédia, professor de Moral e Cívica, depois soldado. Com dez, pensou em ser cabeleireiro, quer dizer, barbeiro.

Zezinho não perdia um "Encontros da Juventude" na Paróquia de São Samuel Martirizado. O Padre Teotône manjava tudo da Bíblia, qualquer partinha, fosse do Egito, quem era filho de quem, do versículo que fosse, de cabo a rabo ele sabia.

Ser filho único é bom: não tem que usar roupa do mais velho; não tem que dividir o quarto; te dão um cachorro de companhia; o banheiro da casa fica mais desocupado, é melhor.

Padre Teotône foi mandado pra cidade vizinha. Com estafa. Muitas atividades com os jovens. Não é bolinho educar a juventude.

Estudioso, Zezinho sempre ajudou as professoras no Grupo Escolar de Vitória do Seno. Era respeitoso, nunca comentou que, por exemplo, o Pe. tinha cheiro de naftalina. Zezinho, como se dizia na época, "era uma moça" de tão educado que ele sempre foi.

Noites legíveis

1) Pulei do navio em chamas. Caí no mar. Nadei a infinidade de quilômetros. Nos três estilos. Engoli água. Cheguei na ilha sem dar a menor pelota pros tubarões da costa. E ali vivi por vinte e dois anos ou mais numa puríssima solidão.
2) Descobri o fogo e a roda e que dava pra viver sem coisas afiadas, coisas pontudas. Uma, apenas uma enxaqueca me acometeu nesse tempo todo e foi passageira. Tomei uma aspirina. Tomei uma caipirinha. Só isso pra contar de dor até que me resgatou um transatlântico cuja rota original fora desviada por um tornado cuja rota original fora alterada por seres de outro sistema cuja rota original fora dar numa ilha.
3) Voltei. Voltei à civilização, ao seio da comunidade, ao ventre da pátria, ao regaço da plena infraestrutura social. Ninguém da família se lembrara de me apanhar no cais. Talvez tivessem ido ao aeroporto. Família pequena. Brigas pela herança separaram os primos, talvez.
4) Liguei pro meu chefe. Ele está bem. Me perguntou Como vai?
5) Voltarei ao trabalho amanhã mesmo. Ainda bem que dará tempo para aparar as unhas e engraxar os sapatos e trocar a roupa de baixo e pingar um colírio e cerzir a meia e passar um desodorante e escovar os dentes com bicarbonato e descansar um pouco.
6) E perguntar ao gerente do banco sobre os juros. Olhar gráficos. Discutir o prognóstico das corridas. E discutir o diagnóstico avançado da mais recente doença. E passar na lotérica. E passar no cemitério pra depositar as flores. E ler o jornal local. E assistir ao filme que levou o prêmio. E passar na venda pra comprar um estoque um arsenal uma leva novinha de sorrisos.

Sede de teatro

Há quem afirme nunca ter tido a experiência de ver/tocar (n) um rato. Talvez mintam. Lá em casa sempre aparecia camundonguinho, sabe daqueles bem pretos, às vezes até no meio da janta. Gato nem pega, que eles são uma rapidez só e passam por qualquer frestinha. Era um pampeiro porque a tia da mãe que morava com a gente tinha nojo. Embrulhava o estômago dela. O pai saía pro quarto p da vida porque achava uma frescura da velha mas não podia reclamar muito porque ela dava uma contribuição pro orçamento já que tinha pensão de viúva de tenente. Tia Leutônia. Era uma ajudinha importante, a mãe sempre repetia. Ela era irmã da vó Nelza, as duas viviam na missa, eram cuecalça com o padre, todo ano ajudavam na quermesse e outras coisas de viúva. Às vezes elas se bicavam. Nessas situações de rato no jantar a vó dizia: É uma criaturinha de Deus! E aí toca a discutir quem fez o que, se estava na Bíblia ou não, até que sempre culminava numa discussão sobre o Mundo e a Vida já que alguém fez essas coisas. Não, não é possível que tenha vindo do nada. Tipo um dia apareceu o Cosmo e nós nele e os ratos, inclusive, também. Os cientistas estão estudando isso faz um tempão. Mas é uma afronta, Nelza! Muito me admira você falar isso! Mas é o fim da picada, Leutônia! Ora, isso é blasfêmia! Eu, cá pra mim, acho que, no frigir dos ovos, foi Deus mesmo. As velhas podiam simplificar. A gente não tem que passar anos argumentando contra ou a favor. Facilita. Deus fez essa espelunca com rato.

Ah, não está tão mal assim, tem uma porção de coisas que deram certo. A vó sempre citava o mesmo exemplo: Vejam as flores! A tia Leutônia preferia o exemplo com borboletas. (Putaqueopariu que velha chata! Comia feito um porco capado e ainda dava um arrotinho e dizia Hoje não tô boa!, isso sim que era nojento e não o rato coitado). Nessa parte da conversa o pai já tinha voltado pra mesa que não era bobo de ir dormir sem janta. Fingia que tinha só ido no banheiro ou dar uma lasquinha de comida pra Lécy. Aí voltava encerrando o assunto: O Mundo é uma beleza! (Variante da máxima: A Vida é uma beleza!). A mãe reconduzia a cena: Come, Divoney, senão esfria. E ele atacava a sopa de moela antes que alguém pensasse em se servir pela segunda vez. E pra finalizar mesmo: Dona Aspásia parece que perdeu o saleiro hoje!

Foi Deus que fez tudo assim e Ele queria assim mesmo. Se preferir dá pra engrossar acrescentando o lance de Adão e Eva. De Caim e Abel. De Moisés e o Faraó. De Davi e o Filisteu. Adão e Eva já falei. De Nicômades e Ruão. Ah, vamos relaxar, pessoal, que pessimismo não é bom ingrediente pra nenhum tipo de sopa.

Movimentos de sombra
(Plano de voo)

Agora o problema é só meu. Nesta minha história que se gesta sozinha uma boca enorme responde. Meus braços longuíssimos são insuficientes, não alcançam. Por trás dos meus ombros um coro ditando diálogos, frases de efeito para restituí-lo ao meu domínio. Mas não consigo operar. Paro. Retumbam dissidências, conceitos, insubmissão. Herói e emaranhados vêm aos olhos e eu não sei o que devo esperar. Ora, o que interessa é a estrutura, os trechos reflexivos, os trechos equivocados que eu vou elaborar. Por que esta preocupação tão intensa? Ele é meu.

A transparência da saia dela. É isso que me atrapalha. O que se passa pela cabeça dele. Sentidos itinerantes, painéis e dificuldades, contexturas, sempre me foi tudo claro. E agora esta ausência. Uma visão dos não notáveis, ele pinçando definitivos com autonomia de regente! E a minha habilidade de conjugar as sentenças? Ele abjura simbolismos. Fazê-lo adorar o sorriso da moça, direcionar-lhe as mãos injustificadamente, alardear imaginários, fazê-lo então errar, saturar-se. Garantir a sobrevivência dos circuitos, das complicações e reescrituras. Dizer suficiências, dizer escolhas. Amalgamar expressividades. Ao sabor dos cortes, das inserções não naturais, do dedo do destino que é meu. Paro e penso: só o personagem não pode parar e pensar!

Hoje não consegui escrever uma linha.

[*Tive. Tomei finalmente. É minha. É o que eu queria.* (*Até a voz dela mudou de timbre*)*. Gostou, claro. Gostei da estratégia: tocá-la. Agi: ven-*

cê-la, vencer a mim mesmo, esquecer as palavras, desembaraçar. Pra quê palavras? Não precisou nenhum pouco. São elas que traçam a demora. Tive. Tomei em absoluto silêncio. Finalmente. Fui eu. Ela é minha; também sou agora isso: eu].

Tudo que é mudo

E eu que queria vazios vou vergar não sei mais quantas vezes minhas costas vou aparecer sorrindo na fotografia vou ter nome e endereço e registro vou ter ano após ano vou ter planos vou ter metro.

E sob cada um dos centímetros da minha adequada figura vou sufocar a voz mais pura e adotar modulações mais ásperas que se farão necessárias. E a débil voz vai azedar com o passar do tempo, doce que era, sob o que se formula como deve ser. Eu que queria silêncio acabo sendo o reverso: grito.

Pudesse, como antes, batizar o dia, sobrevivente, evidenciando que o que conta, neste emaranhado, é sermos nós ainda, mas agora as perguntas. Que movimento me fará contínuo, um fim onde me começo, um meio onde me inteiro? Em que ilusão me dissolvo, recluso do desconhecido — pássaro menos os voos?

Quando será que me existo as duas metades face?

O dia alcançou a janela

Uma vidinha pacata e regrada foi a que escolheu Zezinho. Ainda bem que encontrou uma boa moça para namorar noivar casar, que a Teolina, filha do Capitão Silézio Ferro e da Dona Dilacir Ferro, sempre foi muito ajeitadinha. Filha de militar não tem erro. E religiosa e cozinha bem! e compreensiva e mansa e quietinha e trabalhadeira. Um pouco magra demais, mas com dentes perfeitos. Que sorriso! E a Teolina se recuperou bem da pólio que teve de pequena, puxava um pouco a perna esquerda mas discreto.

Divoney e Aspásia, que viveram pro filho, com grande orgulho e alegria organizaram uma festa belíssima pra celebrar um momento tão abençoado na vida do Zezinho. Nas bodas teve muito padrinho dos dois lados e cortejo e chegada da noiva num carrão chique e vestido com cauda e brocado, teve daminha e damo levando as alianças e chuva de arroz e atiração de buquê e até um conjunto musical com uma harpa paraguaya de verdade que mandaram buscar em Burió, que é aqui do lado mas tem mais artista. A Dona Jonira, que é professora antiiiga do Liceu, cantou aquela Ave Maria que faz com a voz subindo fininho fininho e depois partes de melodia, não sei bem como é que fala, normal. Emocionou todo mundo. A Ivete ficou que era só pranto, não parava de repetir *E pensar que peguei esse menino no colo!* e já estava emotiva desde que viu a decoração da Igreja com raminho de jasmim, cravo e umas fitas puxando pro azul. Tava bonito realmente. Eu bem que achei.

A lua de mel foi um estouro também que o casal permaneceu ali em Vitória do Seno mesmo mas no hotel mais bacana da cidade na suíte nupcial com vista pra frente do arvoredo da Praça, café da manhã continental com ovo e bacon que nem de filme, lençol de cetim com pétalas de rosa e tudo que se pensar de mais moderno.

E outro sonho realizado além do matrimônio foi que o Zezinho estava bem colocado na profissão que escolhera: cabeleireiro e barbeiro. Nascera para aquela profissão, era simpático com os clientes e sabia agradar, tinha senso estético, boa destreza no uso de objetos pontiagudos, capacidade de se concentrar nos detalhes, visão perfeita e nem nunca precisou de óculos, e gostava de acompanhar as tendências em penteados e cortes. Em suma, tinha prazer naquela coisa. Fez o curso completo e, em posse do Diploma não foi difícil ser contratado pelo Seu Ariosto na *Corte's de Ouro*, que é exclusivo masculino, sem aquela coisa esquisita de unissex. O Zezinho sempre adorou pentear, aparar, dar forma, lavar, massagear o couro cabeludo para estimular a circulação, hidratar profundamente, passar máquina, tratar a raiz, cortar, secar, aplicar química, fazer o pezinho.

E os dias transcorriam calmamente, Zezinho com sua casinha perto da Igreja, não era muito grande mas era um começo e era dele (ia pagar em 25 anos mas isso passa que a gente nem sente — e estar livre de aluguel é o mais importante!). E até engordou uns quilinhos com a vida de casado. Chegava em casa lá pelas sete e bastava sentar-se à mesa pra Teolina servir-lhe o delicioso jantarzinho, e depois um filminho ou o noticiário e então cama porque no outro dia tinha que pular cedo.

O Zezinho, já deitado, pensava em quão realizado estava na vida e com grande ansiedade esperava pelo próximo dia, em que vários homens entrariam na *Corte's* e ele iria cortar muitos cabelos e ensaboar rostos e fazer muitas barbas naqueles rostos incríveis deixando-os mais desejáveis ainda. Tudo isso estava mesmo uma beleza. Ele achava. Eu também achei, agora em retrospectiva.

Tim-tim

Quando vi que o corpo da mulher era aquilo tão lindo decidi tê-lo.

"A sogra morrendo e ele se valeu que a Teolina estava fora."
"Ela só foi acompanhar o finzinho da mãe dela! Mãe é mãe."
"Que marido é esse que não pode compreender isso?"
"Ainda bem que a Dilacir não viveu pra ver isso do genro!"
"Acredita que na primeira noite ele foi no Circo?"
"No Circo Vydia? Tava aqui naquela semana? Nem fui."
"Diz que botou até a camisola da esposa. Uma roxinha!"
"Sem-vergonhice, pra mim. Foi o pai que paparicou a vida toda!"
"Será que a mãe do Zezinho nunca percebeu? Que tristeza."
"Não lembro de ter caso assim aqui em Vitória do Seno."
"E diz que até batom, pintura de olho, ele passou."
"Quem que viu?"
"E a coitadinha da Teolina nunca percebeu?"
"E será que ele cumpria a função de marido?"
"O safado aproveitou a viagem da esposa pra se revelar!"
"Em São Paulo eles falam 'sair do armário', uma coisa assim."
"Gozado, eu já tinha percebido o jeitinho dele no trabalho."
"Tá sumido? Nem pra mãe dele ele avisou pra onde?"
"Hoje em dia dá até pra mudar de nome no papel e tudo!"
"Se o meu Julemar inventava disso eu dava uma tunda era já!"
"Opera sim, mas tem que fazer não sei quantas cirurgia."
"Pois é o fim dos tempos, Rosita. Na Bíblia falava que vinha."
"Homem virando mulher eu nunca vi na Bíblia!"
"Tá no Apocalípis, sua tonta."

Se joga

Localizei meu pai. A mãe nunca me deixou ir atrás dele, por isso que eu esperei ser de maior. Eu respeito ela, sempre respeitei que me criou sozinha. O pai sumiu antes de eu nascer. Teve uns problema psicológico, a mãe sempre contou assim. Ele nunca me procurou. Mas também a mãe nunca disse que estava esperando um filho quando ele sumiu. Ele não teve culpa de nunca voltar, nem sabia que eu existia! A mãe nunca falou uma palavra ruim dele. *O Zezinho sempre foi um homem bom*. Eu queria muito que ele me recebesse. Agora que descobri o telefone vou ligar. Mora na Capital. Tá bem de vida, pelo que eu sube. Montou salão dele próprio. Chama *Maria Dias' Hair*. Mas não vou lá pedir dinheiro! Quero dinheiro nenhum que já tenho profissão! Quero duas coisas: um é contar da Bervely, que a gente vai se casar logo, quero muito falar dela pro pai; e dois é que eu queria, se ele aceitasse, que eu botava o sobrenome dele junto no meu nome, o Tino do Cartório disse que basta ele me registrar como filho legítimo dele que eu já pego o Dias no nome. Então eu ficava quase bem igualzinho do nome dele: eu virava José Maria Ferro Dias.

A mãe acha que eu não devia de ir lá ver ele. Que se ele quiser, que venha aqui. A mãe diz que passado é passado. Acho bobagem — um dia eu vou lá sim. Quero muito ver se sou parecido com ele. Vi as fotos do casamento deles e me achei bem parecido.

Ô, Maria, o coitadinho já ligou três vez! O tal do filho da Teolina — quer falar com você! Atende! Para de palco e assume, mona!

Bancava noivo mas foi lesada — A cabeleireira Maria I. Dias, 34, teve toda a grana de seu FGTL subtraída por seu noivo Vagno Peres, 26, estudante. O acusado negou, em presença do delegado da 15ª. DPCTT tanto o fato do roubo quanto do envolvimento de ambos. Indignada, ela postou fotos nas redes sociais mostrando a intimidade do casal, que se encontrava junto há três meses, mas declarou que está aberta para diálogo e pode perdoá-lo caso ele devolva o dinheiro.

Tratamento capilar falho gera indenização — Pelo ocasionamento de drástica queda de cabelo decorrente de má aplicação de mechas californianas, Kariny Vidella ganhou o processo aberto contra sua cabeleireira Maria J. Dias, a qual deverá pagar por danos morais e materiais. Não ficou provado em juízo que a vítima não seguiu os conselhos capilares do pós-mechas e teria lavado os cabelos com sabão de cinzas de fabrico caseiro, real causa do acidente.

Não paga pensão do marido e vai em cana — Policiais militares prenderam anteontem a conhecida cabeleireira da Vila Freitas, Maria K. Dias, que estava sendo procurada pela Justiça. A cita profissional de cabelos, denunciada pelo 190, tinha pendência em débitos de alimentos referente ao ex-marido, que tem direito porque cuida do filho do casal. A mesma declarou não estar ciente do atraso e nem de estar sendo procurada. Da delegacia ela seguiu à cadeia feminina.

Incendeia carro de empresário — Não aceitando o término da relação com o empresário Liocáde Neves, do ramo de engradados, a cabeleireira Maria L. Dias destruiu o carro do mesmo alegando que o veículo, marca Gol 1000, continha muitas recordações de momentos íntimos do casal. Temendo que o carro fosse usado em futuro relacionamento do ex, Maria lançou álcool e fogo no veículo. Após, a mesma foi condenada a dois anos de reclusão, em regime aberto.

Imortal em 20.0°N 2.9°W — 40 km x 4.7 Km

Christiaan Huygens nasceu em Haia, numa família rica pra caramba (e o pai dele era amigo do Galileu e do Descartes, dois caras que volta e meia são mencionados aqui!), no dia 14 de abril (isso eu gravei fácil que é o dia do aniversário da Imara também) e ele foi físico, astrônomo, matemático e horologista neerlandês. Eu também fiquei cabreiro com essa palavra horologista. É o/a especialista em horologia, a ciência relacionada aos instrumentos de medição do tempo. Até os 16 anos ele estudou em casa mesmo, com o pai que era liberal e ensinou música, lógica, matemática, latim, grego, italiano, francês, inglês, história e geografia. Ele ficou afiado na coisa de línguas e com 9 anos já dominava várias super bem. E também gostava de brincar com miniaturas, principalmente de moinhos e de outras aratacas em geral. Eu nunca vi um moinho, só em filme. Aqui nem tem moinho, né? Ou tem? Alguém já viu?

Bom, voltando, a vida desse sujeito dá pano pra manga, foi uma vidona. O pai planejou pra ele uma carreira diplomática e mandou ele estudar ciências jurídicas na Universidade de Leiden mas, no final das contas, foram as ciências naturais e a matemática a sua grande paixão. O Huygens fez muitos estudos sobre som, luz e cores, a força centrífuga, a teoria ondulatória da luz, as leis de conservação em dinâmica, a dupla refração no cristal da Islândia, explicou fenômenos como a refração e a reflexão. No campo da matemática estudou a teoria das probabilidades, o conceito de evolvente e as curvas e inícios do cálculo diferencial. Foi ele que descobriu que a cicloide é uma curva isocrônica! E demonstrou que num pêndulo circular o real isocronismo se obtém por meio de um pêndulo cicloidal!

Ele disse coisas muito belas e eu copiei essa:

"Numa descida cicloidal acelerada pela gravidade, o tempo de queda é o mesmo e independe da posição inicial"

Não, não parou por aí! No ramo da astronomia descobriu os anéis de Saturno e sua maior lua, Titã. Em homenagem a tantos estudos que ele fez até batizaram uma sonda com o nome dele: Sonda Cassini-Huygens. Não procurei quem foi Cassini, desculpe aí. Ele escreveu pra cacete, olha a lista: *Christiani Hugenii Zuilichemii, dum viveret Zelhemii toparchae; De vi centrifuga; Horologium oscillatorium; Traité de la lumipere;* e o meu favorito, o *Kosmotheeoros.* Ah, quero falar que eu achei o maior barato esse livro, li numa sentada, porque ele discute a ideia de ter vida em outros planetas e de que pra ter vida se precisa de água de forma líquida. Com essas ideias, que entravam em conflito com a Bíblia e com os carinhas da religião, ele se meteu numa barafunda, mas conseguiu dar uma contornada falando que esse lance de vida extraterrestre não é nem confirmada nem descartada no texto bíblico — tipo quem cala consente. Ele disse que Deus criou outros planetas pra que a gente aqui da Terra pudesse admirar, mas que Ele já fez os planetas bem longe um do outro pra que ninguém se metesse na vida alheia.

Ter sentido

para tremer para perder o fôlego de tão único e breve
para ver para amassar e cuspir para se debater para estremecer
para pintar com cores inumeráveis para pintar com cor nenhuma
para rezar pelos náufragos para celebrar o mar
para repudiar as cartilhas para conversar com estrelas
para alimentar aves de rapina para extirpar órgãos comprometidos
para fazer nenhum sentido para não ter para servir
para queimar a comida para não assinar na linha certa
para se espatifar contra as rochas para ver nascer
para perpetuar a dança do lápis das mãos do pulso

para ter motivos
você ainda perguntará
por quê?

IV.

— As chaves são ossos que premem pela escavação.
— Não, são voos.
— O voo estará protegido no coração da montanha.
— Não. O voo é o olhar.

Maria Dias? Nasceu aqui, sim. Não sei quase nada. Pode ter cinco anos oito doze dezessete vinte e quatro trinta sessenta e nove não sei. E pode ter sido esquecida preterida deixada perdida largada vencida abandonada. Também pode que não. Usa-se, nesses casos, a palavra destino, simplesmente. Pra que complicar as coisas? Pra que complicar as coisas, ora! Não vai acontecer nada com a Maria.

O pai de Maria Dias pode ser o Dr. Gilson médico renomado aqui da nossa cidade pode ser o garoto de catorze anos Eduardo Lima Dutra o verdureiro da esquina o leiteiro baleado o alfaiate seu Clemente o auxiliar de pequenos serviços o dono do banco o dono da banca o dono da boca o Coronel Santiago o farmacêutico o engraxate da esquina o Leomir da casa de tecidos pode ser o Tenório da Valdete pode ser o cineasta o cientista o bedel o soldado desconhecido o anão de Velázquez o príncipe o mendigo o pároco até cruzcredo pode até ser uma mulher, vai saber!

Ai que inferno, para de me cutucar pra eu contar a coisa da doença!

A mãe de Maria Dias era balconista era enfermeira era tímida era uma náufraga era pedagoga era invisível era analista de sistemas era intérprete bilíngue era coxa cambaia vesga era gerente de marketing era florista era ingênua era fanha era bailarina era representante de vendas era gestora de auditoria era uma libélula era contorcionista era diretora de fotografia era perfumista era baixinha era cínica era uma pessoa incrível acho imagino que eu nem nunca conheci.

E adianta eu dizer, por exemplo, que o pai dela se chamava Denizar ou qualquer outro nome e que a mãe é desconhecida? Claro que eu também, por um bom tempo, fiquei pensando que a mãe dela era a Madrinha, já que ela sempre cuidou da menina, e pagou o tratamento, e nunca deixou faltar nada pra coitadinha. Nunca pensou que a Madrinha pode ser avó da Maria? Eu já.

Formas fachadas

→Esse

sopro descortina partículas que me habilitam o humano dentro do bicho, saudável dentro do gasto. A história no dedo. Nascido no que foi primeiro, do que foi feito me faço. Foto encenada no espelho — exercício do absolvido da máscara que encobre o rosto. Buscar, no vazio que se expressa, uma ponta que conduza a alguma estrada, uma parte sonora do todo, o impulso que remeta à retomada. Estrada labirinto — as peças se desfazem no intento — resgatar a sentença. Vertente gota torrente. Rebuscar o que fora mais o que nasça.

→Tudo

me significa total que me acrescente, eu sendo um número. Tudo me desmorona matéria que me roa, eu sendo osso. Tudo me suplementa caminho que me ande, eu sendo passo. Tudo me intensifica estrela que me brilhe, eu sendo um astro. Tudo me questiona silêncio que me ouça, eu sendo um grito. Tudo me recompensa — o que está vivo que eu descreva, se eu for palavra.

→Enfim

não procurar ser eterno nas palavras; ser nem mesmo sempre nem mesmo tanto. Não procurar ser perfeito nas palavras; ser nem mesmo todo ser profundo. Não procurar ser imortal nas palavras; nem mesmo algo mais absoluto.

Face inerente dos votos este perfeito imortal profundo nascido no que está para ser dito.

Por assim dizer, congênito.

Tão sem saber

A Madrinha é bem raro que sobe lá em cima. Eu nunca fui. Ela avisou as meninas de não deixar eu lá nunca nunca ir. Reuniu elas e falou bem explicado. Ela cuida igual que eu era como filha dela. Acho ela a mais bonita de tudinho elas daqui nem a Zelma quando passa pintura verde aqui no olho nem a Zelma eu acho mais. De tudinho e aqui tem um montão. Que nem eu era filha dela mesmo. Ela é linda e eu queria ser ela. Tem mão lisinha. Eu nunca vou ser ela.

Se uma de vocês relar a mão na menina, subir lá pros quartos levando ela, ensinar qualquer besteira pra ela já está traçando o próprio destino que é porta da rua, quero deixar isso bem claro. Se eu pego alguma ensinando malícia pra Maria pode fazer sua mala e sumir daqui de Burió que eu dou a conta na hora. Não facilitem comigo. Nem fumar perto dela eu quero que fumem. E conversa de algum cliente, seje homem, seje mulher, qualquer que seje eu não dou nem explicativa. Já estão avisadas bem francamente estou colocando como é as regras aqui. Palavrão se cuidem essas boca suja que eu também não admito.

— Ela é sua filha?

— Não.

Movimentos de sombra
(Revisionismo)

Anotações da história: sombras, claro, inquietude. Sorrindo, ela inaugurou convites que ele leu com deslumbre. Simulou proficiência mas ela invalidou os cálculos. Condena e condecora. Vota pelo naufrágio. Em que consiste a base do olhar. Voltar à tona. Diva. Mito. Substrato. Olhar bifurcado. Moira.

Por que brinquei? Agora, vendo as distâncias, persigo o insondável. É longe. É o evidente. Situo espaços tão grandes que somente o resgate. Deixo. Estranho. Ganho. Devolvo. Raspo. Cavo. Aglutino. Canso. No entanto direi quando. Se ele. Contudo fiz. Se ela. Fiz um terço. Ressalto protagonismos. Legitimo. Por outro lado não fiz. Usurpei. Fingi que iria compor uma história mas sobracei. Nem disse. Fui equívoco.

Do que me fiz foram frases.

Tudo que é mudo

Sua Alteza Real insiste em usar cores fortíssimas. Mesmo que se sugira docemente que não lhe caem bem certos tons neon. Tem ficado cada vez mais difícil vestir essa criatura. Fez voar longe o discreto chapeuzinho que eu confeccionara com tanto afinco, com devoção, com amor mesmo. Pensei que o humor real se amainaria depois da menopausa mas nada! Ainda bem que nunca insistiu de aparecer nas fotos oficiais com um dos namorados. Cada tipo! Bermudão e camisa florida. Shorts vencido e camiseta de time. Calça de linho que nunca viu um ferro com jaqueta jeans. Como convencer o povo de que formam um casal? Bem, não são um casal. Menos problemas.

Sinceramente, se me permitem, eu preferia ter uma Rainha menos moderninha. Mais clássica. Um belo penteado. Um vestido com corte impecável. Nada de usar tênis! Com saias indianas! Cruzes! E aqueles brincos? Tive uma enxaqueca de dois dias quando ela inventou de usar aqueles brincos de penas. Dois longos dias. *A orelha é minha!* Tá bom que é tudo dela, mas essa frase (com suas variações, naturalmente), me faz adoecer. Talvez para uma senhora da sua idade, Alteza, lhe caísse melhor esse de pérolas. Talvez o conjuntinho bege ao alaranjado fogo. Não gostaria de provar esse casaquinho de renda? Talvez a bandana rosa choque fique melhor com uma saia menos justa.

Tão sem

A Boneca respondeu pra Madrinha e deu arranca-rabo. Ela me contou duas coisas (é em segredo pra eu não contar pra ninguém): Ela tem 17 anos e fala que tem mais. Isso não é bem mentira, é coisa do trabalho dela. Ela nunca pode falar até fazer mais idade, mas a Madrinha descobriu. E também falou que tem sonho de ir de avião num lugar. Eu queria trabalhar também mas nem ir na escola a Madrinha deixa. Acho tão bonito a Boneca rindo. Ela tem pintinha no rosto. Eu nunca vou ser ela.

O cabelo da Vandira não é amarelo de verdade. Aqui no comecinho é preto. A Boneca contou isso do cabelo dela e também contou que a Dalvina aumentou o peito. Não entendi mas fingi que tinha entendido. Senão ela pensava que eu sou meia boba. Acho que foi a Soraya que dedou pra Madrinha que a Boneca tava falando comigo umas coisa. Eu não falei nada. Só ouvi a Madrinha gritando. A voz dela ficou esquisita falando umas palavra que eu não sabia. *Camisinha*. Falou. *Dentro não*. Uma gritaceira. Depois de ser a Madrinha eu queria ser a Shanélly.

Não tem nada de ir pra escola, Mariazinha. Não vai e ponto final. Você não tem condição. Não tem isso de só uma vez pra ver como que é. E não me vem com essa história repetida que me desagrada. Eu já disse. Já está dito. Escola não serve de nada. Vão só encher tua cabeça de besteira e isso eu não quero.

Depois sim

"Depois, meu anjo. Agora não."
"Não sei de nada da tua mãe, isso eu conto outra hora."
"Você é muito fraquinha, Maria."
"Porque não tem ninguém pra te levar na Escola, já disse!"
"Parque de diversão tem aqui não."
"Um dia desses, meu amor, agora vai assistir."
"Só mais esse remedinho. Daí só de tarde."
"Agora não posso que vou ligar pro Coronel Varnuce."
"Andar de avião é coisa que a Boneca anda inventando."
"Ai que reclamona, não ganhou o presentinho que queria?"
"Sei de teu pai não, menina! Num sei se é daqui de Burió!"
"Reza bastante pra ela, Mariazinha, que ela te atende."
"Mas escova bem os dentes depois que cárie dói!"
"Maria, quantas vez já falei! E chega de perguntação!"
"Ai, eu nunca sube de pai meu, pra que saber?"
"Também nunca vi falar o nome verdadeiro da Madrinha."
"Porque a Escola é muito longe daqui, já te expliquei!"
"Férias é quando para o trabalho e vai viajar."
"Te dou experimentar bebida!"
"Coisa mais linda esse penteado que a Madrinha fez ne você!"
"Esse comprimidinho rosa é o que você gosta."
"Tem porque tem, Deus que quis assim!"
"Não sei explicar que doença é, agora vai pro teu quarto!"
"Não sei que dia! Um dia para de tomar remédio. Sossega!"

Tão

Uma vez ficou aqui uma moça tão linda se chamava Jipce eu demorei pra saber esse nome que nunca parava na minha cabeça. Perguntava sempre pra Keliane como que era o nome daquela moça nova aqui que era morena e tinha as mãos mais bonita que já vi, era dedos bem finos que ela pintava brilhante e usava não sei quantos anel. No começo, só, depois a Madrinha não deixou mais e disse que anel atrapalhava. Eu queria ser como ela que eu detesto ser tão branquela a pele pior que papel e aparece tudo quando é batida já fica roxo, olha aí, tá cheio de roxo. A Jipce ela era muito alta era até a maior de todas daqui. Só a Raynara é que era mais alta devia de ser. A Raynara eu não acho tão bonita. Eu perguntei pra Madrinha se era mesmo que a Raynara tinha voz bem grossa, porque que ela falava mais forte é aquele calombo que ela tem será bem na frente do pescoço? *Ela já nasceu assim. E deixa de ser inxirida! Vai rezar pra Santinha que eu te comprei! Ô, Marilda, olha o remédio das 10 horas da menina!*

Santinha: vim falar de novo pra Senhora, mas por favor não fica brava que eu repito tudo e nunca muda. É que eu não tenho outra pessoa pra falar essas pergunta na minha cabeça. Eu faço o pedido de um dia eu poder ir lá em cima. Da Madrinha mesma levar eu. Não de ir escondida, nem por gana da curiosidade somente. Ir deixada porque ela aceitava de eu ir. A Senhora é estatuinha mas é poderosa, então podia conseguir isso pra mim. *Essa Santa é poderosa.* Todo mundo fala isso. *Pede pra ela que ela atende.* Eu queria ir lá porque tem música e aqui é parado. Nem a tv da sala a Madrinha deixa eu assistir livre. Não tô reclamando da Madrinha, nunca! Ela é a melhor pessoa do mundo pra mim, sabe que na semana passada ela chamou aqui um médico que veio lá de Jubirandaia só pra me atender. Ele era lindo lindo lindo parecia desses moço da televisão. Dr. Iziel. Ah, claro que a senhora sabe dele que veio, eu já contei um par de vez!

Sabe, Santinha, a Sra é boa comigo mas só eu que falo. Eu tô cansada de ir comer quando a Marilda chama, de ir tomar os remédios. Não tô reclamando da Marilda. Mas eu tenho que comer sozinha. É tão parado. Eu queria comer junto. Será que as meninas nunca comem comigo por que tem medo de pegar algum mal de mim?

Por ciúmes, dançarina é alvejada — Um homem de 45 anos invadiu um estabelecimento noturno e disparou um tiro de espingarda quase acertando a dançarina Maria M. Dias. A motivação do ato deu-se porque o homem não conseguiu controlar seus ciúmes ao ver a profissional com outro cliente. O tiro gerou pânico no local e cancelamento momentâneo nas atividades do estabelecimento, mas as práticas foram retomadas após uma meia hora. O suspeito fugiu a pé por uma porta dos fundos.

Igreja é processada por dona de lupanar — Devido a excessivo barulho em suas práticas devocionais a Igreja Regional da 3ª Vinda foi processada pela proprietária de um estabelecimento recreativo vizinho, a Sra. Maria N. Dias. A citada Igreja, que costumava manter cantoria e sessões de exorcismo demasiado ruidosas, foi multada, apesar de protesto dos fiéis. Maria N. Dias declarou não temer represália pois está em posse de seus direitos de sossego.

Seda irmã para angariar mais clientes — A jovem prostituta Ejinéia Dias está sendo investigada por prática de obstrução profissional cometida contra sua própria irmã, a também prostituta Maria O. Dias. Vendo-se com menos clientes que a irmã, Ejinéia passou a ministrar uma substância sedante em Maria, fazendo-a dormir na hora do trabalho. Após três noites apagadas, Maria suspeitou do crime e flagrou a irmã no ato, antes de ministrar-lhe o dito sonífero.

Confundida com prostituta acaba presa — A estudante de técnico em informática Maria P. Dias foi levada para a 5ª DCPT ao ser confundida com uma prostituta que estava sendo procurada por calúnia contra o policial Edmir Calixto. Com o depoimento de Maria esclareceu-se tratar-se de um caso de "sósia perfeita" e a estudante foi liberada após fiança paga pela família. Foi solicitado que Maria evite circular pela região da detenção para evitar equívoco futuro.

Imortal em 26.5°N 4.7°E - 25 km x 4.6 Km

O ilustre *John Hadley* foi um matemático, físico e astrônomo inglês que nasceu em 1682 e morreu em 1744. A família dele era bem rica e ele herdou muita coisa pra administrar; no livro que eu li, um tolhão dessa grossura assim, legal pra caramba, dizia que ele não teve preocupações materiais e pode se dedicar à ciência com tranquilidade.

Depois de intensos estudos (eu dei uma acelerada na vida escolar que achei meia chatinha) ele apresentou à Royal Society o oitante, que é um negocinho, um aparelhinho, um instrumento, melhor dizendo, pra medir a latitude, com dois espelhos e aí se chega à altura de um astro. Mas deu tipo uma treta porque um tempinho depois outro carinha, dos Estados Unidos, disse que ele que tinha inventado aquilo, mas não sei se foi adiante essa briga, enfim. O Hadley teve um bando de irmãos e um deles, o menor, foi famoso também, foi meteorologista. O George.

Em 1717 o Hadley se tornou membro de Royal Society of London, eu gosto de falar em inglês que acho mais bonito, e teve uma vida normal, casou com uma garota chamada Elizabeth, rica pra caramba e filha de um tal de Thomas Hodges, bem importante que havia sido advogado em Barbados. Eu olhei no Atlas pra localizar Barbados, e não é que existe mesmo! Eles tiveram só um filho, o John.

Foi em 1730 que ele apresentou ao mundo o oitante refletor, um negócio impressionante que dava até pra medir a altitude do sol ou de outros objetos celestiais por aí! Caramba, né? Foi o que eu pensei também. Tô sabendo que o lance aqui é citar uma frase bacana por autor mas eu fiquei com dificuldade de achar só uma, mas trouxe uma máxima:

"Se conhecidos forem a posição do objeto no céu e o tempo da observação, é fácil para o usuário calcular sua própria latitude."

Agora a coisa mais mais importante que o Hadley fez foi ter aperfeiçoado o telescópio de reflexão, que ajudou muito pros avanços da astronomia. O primeiro refletor dele, que foi chamado de "newtoniano embutido", tinha um espelho de mais ou menos 6 polegadas, tipo uns 15 cm de diâmetro. Ele também fez telescópios gregorianos com espelhos bem precisos.

O Monte Hadley e a Rima Hadley, na Lua, receberam esse nome em homenagem a ele. Também tem um colégio bem bacana na Inglaterra que se chama Oásis Academy Hadley por causa dele.

Agora podem fazer as perguntas que quiserem sobre o livro, mas aquela parte da infância eu não me dediquei muito, peguei mais salteado, tudo bem?

Ter sentido

para perdoar aqueles que perguntam
para louvar aqueles que perguntaram
para endurecer enrijecer tornar-se sólido
para amalgamar aglutinar tornar uno e ser o que importa
para pensar na estreia
para construir a estreia e as solidões da coxia as imensidões das coxias e as frases ditas em silêncio os sussurros que são o treinamento para o palco
para o momento de fato
para a perfeição do discurso e dos gestos
para a marcação as deixas a entonação maravilhante e precisa
para uma angústia maior que vem antes de se dizer o texto
para a melhor angústia que nos traz razão de ser para o abraço entre todos as mãos dadas os beijos que são transmitidos de rosto a rosto e para se estremecer quando alguém esquece parte do texto e esse alguém está tão perto ali sob as luzes sob a expectativa do público e esse alguém hesita e talvez se apavora e esse alguém sou eu mesmo
mas viro todos de novo quando vem
o aplauso

V.

— Todas as palavras são um voo cego.
— Não aquilo que recorrer à noite.
— A mentira é um voo cego.
— Não, isso é ficção.

Maria Dias, nascida e criada aqui, sempre foi, desde menina, linda, uma verdadeira bonequinha, com dentes e cabelos perfeitos, nariz certinho, mãos finas, voz agradabilíssima, desenvolta, encantadora, desinibida, responsável e pontual, sempre demonstrou ter uma memória fantástica, uma naturalidade e concentração invejáveis e, acima de tudo, sempre teve o elemento essencial para exercer a carreira que viria a escolher: talento.

Foi bem complicado para os pais de Maria Dias, Dulcídio e Milta, tão religiosos, tão tementes e tão obedecentes, tão apegados à santidade, tão pios e tão misericordiosos, que sempre andaram tão na luz, com um tão belo testemunho de vida, tão buscadores do caminho espiritual, que nunca seguiram o exemplo dos ímpios, que sempre respeitaram e praticaram os preceitos todos aceitar que a filha seria bem isso: atriz.

Maria Dias sempre lapidou seu talento, estudou interpretação (nível avançado), improviso, expressão corporal, canto lírico, dança clássica e popular, flamenco, violão, jazz e sapateado, natação, história do teatro, elaboração de signos, pole dance, fez treino vocal, aulas de circo, leu muito de Aristóteles a Davino Ribeirello, em outras palavras, preparou-se e era capaz de brilhar em qualquer papel.

Ele falou isso no rádio me calou fundo vou comprar o livro do psicólogo que eu gostei muito deste Dr. Pércio Eliseu Gomes, Maria pensou.

Não, Maria Dias não andava pra baixo, cruzes, nunca! Falou em psicólogo mais por erudição. Ela não desiste! É sempre pura adrenalina. Ela retira dos palcos a alegria e a paixão pela vida. Do público, dos aplausos, dos fãs que reconhecem seu talento e graça ela extrai uma força impressionante que a mantém sempre otimista, feliz mesmo, esperançosa na carreira, na vida de modo geral, no futuro e na humanidade.

Antigo leito

Eu que sou sempre a mesma coisa e nunca me acho já procurei na gaveta de meia e calcinha e cueca na gaveta de talheres na cozinha na gavetinha de cacarecos na escrivaninha embaixo da cama embaixo até do tapete. Que será de meu coração tão antigo tão amassado tão guardado por tanto tempo numa caixa meu coração desusado que será do tempo que multiplica lembranças e eu nesse sofá esquisito de flores ufanas em demasia penso penso canso de ficar pensando e não penso nada que será desses pensamentos que exsudam? Era bípede. Um conforto, pois isso nos exime de invejar gatos e cadeiras. E as flores estavam em seus devidos lugares até aquela manhã quando, a caminho do minimercado onde o destino lhe conduzira na falta de meia dúzia de itens essenciais, entre os quais ovos e band-aid, topou com aquela cigana. A velha lançou uma pergunta no ar e as coisas mudaram. O leito da antiga estrada de ferro o leito da casa antiga onde morreram os amantes flagrados pela cultura e a casa é velha é velha como essa história e como as histórias de amor se arrastam e os cachorros rondam o terreno baldio e quem chora é o leito do rio antigo apagado aterrado supurando feito um ponto que inflama. Um ponto de interrogação pode ser uma faca da coleção um pudim com maisena demais que gruda no céu-da-boca pode ser o indigerível pimentão. E as telhas alinhadas esperam já que o sol desta tarde é ouro e as estátuas em seus sorrisos não desbotam. Não falarei jamais de gatos porque deles não pude intuir os silêncios nem segredos nem o alheamento de seu olhar. Levarei mais anos e anos para gastar minha última vida. Era ainda bípede. Um desconforto quando se passa a invejar os pássaros.

Por assim dizer-se

Simplesmente não entendem! O mar não está para peixe, tá foda, meu, eu tive que fazer aquele vídeo, era pegar ou largar! E estava (a gente sempre tá, né?) precisando daquela grana. Foi uma grana boa. Duzentas coisas pra pagar, não dá pra ficar de moralismos e perder o papel. E se atraso cinco minutos a porre da Dona Ilva pentelha por causa do aluguel. E aluguel aqui é caro, que é cidade grande, não é aquele fim de mundo de Jubirandaia, ainda bem que saí daquilo lá. Ai, já fiz tanto vídeo político, tanta propaganda de produto idiota e até um pró-desmatamento e nunca reclamaram. Agora com essa bobaginha ficam me infernizando. Como assim *Você não tem princípios, Maria?* Sou uma artista! Não estamos mais na Era do Rádio! Tenho que usar minha voz, meu corpo, minha imagem. E, de mais a mais, é um vídeo artístico, que explora super bem a sensualidade, e se me procuram e eu digo "Não" assim na lata, azar é meu, que não voltam nunca mais a me contatar. E não me senti usada, coisa nenhuma. *Não foi a educação que demos a você!* Não vejo nada de indecoroso nem de violento no vídeo. Tô com o saco cheio dos moralismos desses dois! Que que sabem da vida, enfiados naquela bosta de cidadinha medíocre? Vida de artista é assim, faz o papel e pronto! A gente incorpora o personagem, depois tira a maquiagem e o figurino e a gente é a gente mesmo. Sem essa de certo e errado, porra! Ai, a maioria das coisas ali todo mundo pratica. Só não admite. Que hipocrisia. E além do mais, tudo ali é só cenário, tá cheio de gente em volta, a equipe toda ali em cima, é tudo fingindo que é de verdade. A gente só encena, sabe como? Se passa por aquilo. Ah, santa ignorância, os artistas existem para revelar o lado mais bonito da Vida — isso é sagrado também. *Onde foi que erramos?* Ai, que babaquice isso, o que move a sociedade é o capital. Se eu ficar escolhendo papel chega no fim do mês quem vai pagar minhas contas? *Esse estilo de vida libertino vai acabar com você!* Que saco! Pra mim baixaria é essa obsessão com tanta reza e prece e oração e súplicas e sermão e clamor e rogos e petição e práticas pra sei lá eu o quê! *Podia era estar casada com o Dr. Iziel, que ele sempre foi louco por você!* Imagina se eu ia me enfiar num casamento com aquele mala sem alça, branquelo e careta, só porque é médico! Tô perdendo a noção não! Pelo contrário, tô cada vez mais antenada com a importância da minha profissão nesses tempos bicudos. Dá uma olhada em como que tá esse país!

E se me chamarem pra fazer a parte dois do filminho, faço, faço e faço mesmo. Não sou otária de vacilar, olha só a Renatinha, engordou 8 quilos, não chamaram mais. O Liúde também, queimaram, depois que se ferrou com o violão desafinado. E o Thiago que se esborrachou na passarela porque tava pensando no Cácio? Não chamam! Tenho que aproveitar enquanto ainda estou com tudo em cima. Um investimento de anos pra me profissionalizar, e ainda aquela grana da lipo que levei meses pra quitar e já tô grandinha pra virem com censura e não pode isso não pode aquilo! Que inferno! E respeitem o meu ganha-pão, faz favor, que eu tenho muito orgulho do que eu faço e do que eu não faço.

Movimentos de sombra
(Demiurgo?)

Então está aí: um sinal. Apesar das espadas está aí a porta de entrada. Apesar das adagas eu gosto de você de você eu gosto é de você que eu gostaria muito. Eu pensei em porções fatias partes pedaços por favores eu pensei em extratos em sumo em morar em me perdoe sorver. Eu pensei em desmanches, peças raras, partes amassadas reconstituídas pedaços indescritíveis porções. Eu pensei em de-mo-rar. Eu não pensei em nada. Naquele minuto horas eu não pensei em nada e essa sim a grande alegria de querer.

Silêncio. Meu e seu silêncio. (Os personagens, serão mudos? Os personagens estarão ausentes? Caso afirmativo isso é uma tragédia. Os personagens tomaram veneno no final da história no começo do enredo e então as autoridades vão ficar enfurecidas.) Num primeiro momento não sabíamos o que fazer com tanto silêncio. Mas enfim, com o passar incomodativo do tempo surgiu-nos a ideia de contar o tempo. Então empilhamos frases como se fosse um sistema sofisticadíssimo de mensuração do que se passa. Mas não é e no fundo sabemos. Quem se importa? Meu e seu isso um edifício isso maior que edifício fazer desse insondável silêncio alguma compreensão.

Tudo que é mudo

Por amostragem percebe-se que as damas se descabelam à conclusão de que estão sozinhas na sala. Não, não é na sala de espera. Por amostragem percebe-se (vide índices) que os cavalheiros, embora muitos deles calvos, também. Por amostragem infere-se que a sala é um quarto o quarto é uma cama a cama é um paraíso o paraíso é uma montanha russa a montanha russa é uma máquina controlada por um funcionário de uniforme azul que tem a precisão do liga-desliga. A máquina é uma história de amor e a história de amor é sempre um quarto do que poderia ser.

Me rendo à evidência de que sou triste e arrasto um tipo de cruz mas isso não confere à minha figura precária nenhum drama. Apenas me rendo à evidência de que os canais estão todos obstruídos: eu não ligo eu não mando mensagem eu não bato na porta eu não lacro envelope eu só fico olhando daqui e isso um sinal de consciência. Sim, vamos rir da minha consciência de mentira vamos rir de algo que nunca arde por falta de combustão. Vamos rir — sejam bem-vindos — do escuro que se projeta de dentro do bulbo. Do raio da perfeição da pétala que embora essência, pequena.

Às vezes me vem o seu perfume. E eu lembro que essa é uma história de não-amor.

Dançou bonito

Filhinha, amanhã não dá porque tem a Novena do Padroeiro. E é a Ritamara que vai puxar, fica chato a gente não ir. Ai, que pena que a tua peça coincide com o Chá Bingo Beneficente da Comunidade! O Seu Violante doou um leitãozinho, bacana né? Mas a apresentação vai ser só um dia? Mas desde quando você canta num coro? Sério que a filha da Valderez canta junto? Puxa, dá pra outra pessoa os ingressos que eu e teu pai vamos na Novena do Padroeiro. Puxa, dá pra outra pessoa os ingressos que eu e tua mãe vamos na Festa da Padroeira. Liga pra Cristiana e vê se ela quer os ingressos. Puxa, que pena, bem nesta quarta-feira que tem Ciclo de Mediunidade e Luz na casa da Dona Margarete Barreto! Na quinta, que coincidência, a gente vai na Jornada de Oração Intensa. Nossa, não há de ver que teu concerto da turma de ukalele cai bem na semana do Retiro Urbano de Purificação e Sabedoria! O pessoal todo vai, até o Dr. Nazareno, que é advogado ocupadíssimo, conseguiu um tempo pra ir! Ah, não! Não poderemos ir na tua estreia porque tem o Festival da Transcendência Vegetariana e a Romualda vai ensinar coisinha nova! Dessa vez não vai dar porque bem no dia da tua formatura tem a Dinâmica Bíblica de Combate do Temor! Tua mãe não te disse que a gente estará na Prática Meditativa Guiada das Soluções da Mente? Vai ser na edícula nova que a Tância construiu lá nela. O teu pai não te avisou que bem nessa data a gente tem o Dia da Grande Limpeza e Descarrego? Ih, a gente vai pra Coronel Rivôncio, alugamos a Kombi de novo, que tem Encontro de Casais. Vai todo mundo, a gente não pode faltar. Tem Jornada de Oração na casa da Duta. Eu acho tão bonito isso de stepdance, nem sei bem como pronuncia, mas não vai dar. Ah, bem no dia do Curso de Aperfeiçoamento Cristão. Ih, bem no dia do Tríduo e Bazar da Graça. Ih, bem no dia do Cursilho Misto! O Dorimar e a Estela vão, claro, e a gente tem que prestigiar! Ih, bem no dia da Gincana Evangélica que o Nelto organizou. Fica chato a gente não comparecer, parece que está fazendo desfeita. Da próxima a gente vai, sem falta, só não vai dar agora porque tem o Atendimento Fraterno da Mocidade Espírita. Na próxima a gente não perde, tá filhinha? Dá um orgulho imenso ver a filha da gente brilhando nos palcos. Interpreta qualquer papel com um realismo impressionante. A gente só quer é ver a felicidade deles. E ainda canta super bem! E dança!

E o oscar vai...

"É misteriosíssima!"
"Não tinha feito drenagem linfática?"
"Amei muito e sempre essa mulher."
"Tem um dedo podre pra relacionamentos."
"As pernas engrossaram! Não tá mais fazendo agachamento?"
"Nunca me deu perguntas pras respostas."
"Viu que é ela no anúncio das Farmácia Haro?"
"Aquelas carnes guardam todas as histórias incontadas."
"Guardou relógios em total descaso do que possa ser o tempo."
"Não tava fazendo yoga pra ficar mais calma?"
"Os olhos com que ela olha são serenamente intranquilos."
"Jamais dormiu porque sempre quis fazer coisas."
"Achei bem flácida. Largou o *kick box*?"
"Deu foi uma banana no maior médico da cidade! Tontice!"
"Vi ela no comercial das Casas Sandoval. Viu?"
"Foi isso: nunca cerrar as pálpebras."
"Não vi resultado na tal da dieta só com melancia e ovo."
"Tem um olhar com consistência de bruma."
"Tarde demais, pergunta assim tem um prazo de validade."
"Ficou como um sabonete seco no fundo do armarinho."
"O botox deu errado também?"
"Shakespeare não é pra qualquer um, ela ficou beeem capenga."
"A lipo deu errado!"
"Nossa, nem sabia que ela tinha pais vivos!"

Tinha que saber dançar tango

Graças que entrou a graninha com aquele trampo de assessorar o mágico! Ai, que ótimo que caiu na conta o cachê do freela, que aquilo de se vestir de dinossauro mecatrônico foi um saco. Avisaram que vão pagar os honorários da dublagem, finalmente. O Diley conseguiu pra mim o papel naquele vídeo de venda! A remuneração foi pouca, fiquei meio assim, que detesto interagir em festinha de aniversário, mas é o jeito. Andar pelo shopping oferecendo o bolinho? Topo, claro, que entra uma gratificação bacana. Me falou que tô meio passada pro papel da Bela! Porra, me dispensaram e eu nem tinha chegado na parte de interpretar os personagens conforme o *style guide*! Ainda bem que eu sabia usar as técnicas pedidas de expressão facial. Assinei o contrato pra 20 apresentações! Vai dar pra pagar a prestação do armário! Tem viagem pelo interiorzão, isso é barra, mas a gente aguenta! Claro que aceito de manipular os bonecos, adoro! Mas só isso de porcentagem? Claro que aceito de icarista. Claro que aceito de aderecista. Claro que aceito de cortineira. Claro que aceito pra operar luz. Claro que aceito pra operar som. Claro que aceito acrobacia. Contorcionismo costumam pagar bem, vou aceitar. Porra, o diretor disse que fui muito realista. Perdi o papel. Não me deram o papel. Não me chamaram pro papel. É pra série temática no *youtube*, não pagam muito mas é melhor que ficar sem trabalho. É pra figuração na parada gay, eu peguei na hora. Tem que ficar loira pro teste. Tem que parecer mais alta pro teste. Tem que parecer mais magra pro teste. Tem que decorar essa música pro teste. Tem que ensaiar esse passo pro teste. O *couvert* é uma merreca mas eu disse que ia. Tem que ficar ruiva.

Novas

Celebridade ameaçada de despejo — A atriz Maria Q. Dias, conhecida do grande público por sua inigualável participação como jurada do programa *Sua Tarde com Plínio Hevaldo*, recebeu ameaça de despejo da quitinete que aluga, no Bairro do Jabarão. Após a extinção do programa e da emissora que o produzia, Maria Dias tentou profissionalizar-se em outros ramos, como comércio, beleza e pecuária, mas até o presente momento não obteve sucesso.

Presa por vender relíquias de famosos — Objetos que teriam pertencido a estrelas da TV estavam sendo vendidos pela ex-atriz Maria R. Dias, detida hoje em frente ao cais. Entre os objetos, a polícia apreendeu uma cigarreira de latão, um incensário, um pente e um anel tipo yin e yang pertencentes, segundo anunciava Maria, ao galã Tiago Sady, o "Télio" da novela das 8. A polícia interrogará o mesmo para averiguar se as peças não foram roubadas.

Tumulto em restaurante por má dicção — O Restaurante Flor da Liz foi depredado ontem por um grupo de turistas que, ao ouvir a cantora-atriz Maria S. Dias interpretando uma valsa popular notou que a letra, em idioma estrangeiro, fora alterada e era ofensiva. Na verdade, a intérprete tinha uma pronúncia horrível que deturpava o sentido original da canção. Sem aceitar as desculpas da gerência, o grupo destruiu o estabelecimento e saiu sem pagar a conta.

Atriz abre apê e exibe coleção rara — A imprensa foi recebida ontem no apartamento da atriz Maria T. Dias, consagrada após o papel de "Dhora" no filme "Três num elevador", e conheceu a exótica coleção de latas de milho da celebridade. São centenas de itens, nacionais e importados, que Maria Dias, com a ajuda da família e de amigos de várias regiões do globo, guarda desde a infância. Em setembro do próximo ano sairá um documentário pela BCN sobre a coleção.

Imortal em 19.0°N 4.0°W - 30 km x 3.0 Km

André-Marie Ampère, que nasceu em 1775, foi físico e matemático francês, e ajudou a fundar a ciência do eletromagnetismo clássico, criando a expressão "eletrodinâmica". A unidade de medida de uma corrente elétrica, que a gente diz um ampere, é em homenagem a ele. O pai dele era um comerciante ricaço que se chamava Jean-Jacques e a mãe se chamava Jeanne Antoinette Desutières-Sarcey Ampère. O pai baseou a educação do filho nos princípios de Rousseau, que dizia que as crianças não precisavam ter educação formal e sim buscar a instrução diretamente na natureza. Então a família liberou uma puta biblioteca pro carinha e ele teve acesso a todos aqueles importantão do Iluminismo. Trocadalho com Iluminismo/ampere é babaca, já tô avisando.

Na juventude ele pegou aquela confusão da Revolução Francesa, o pai foi guilhotinado quando os Jacobinos chegaram no poder, depois ele casou com uma garota chamada Julie Carron e teve um filho. Pegou um emprego de professor de matemática. Aí veio o regime do Napoleão e o Ampère foi arranjando uns empreguinho melhor, dando aula de física, de química. Ele escreveu um tratado de probabilidade matemática, o *Considérations sur la théorie mathématique de jeu* e disse umas coisas incríveis, tipo:

"Tanto a direção quanto o sentido do vetor campo magnético são dados pela regra da mão direita"

A mulher dele morreu, ele foi pra Paris dar aulas numa escola boa de lá. A Marlene, que já foi pra França um par de vez, falou que lá professor é respeitado como fosse um médico aqui, ou até advogado, juiz. Eles tratam tipo autoridade. O Ampère nem tinha diploma mas tinha "notório saber" e deu muita aula de filosofia, astronomia, física experimental, uma porrada de matéria até na Universidade de Paris. Lá eles respeitam. Ele se firmou como intelectual mas quando a coisa apertava, quando pintava tristeza da braba, ele se voltava pra Bíblia. Estudou valendo a coisa da corrente elétrica pra explicar a relação entre eletricidade e magnetismo e criou a Lei de Ampère. Ele também falou de uma "molécula eletrodinâmica", que foi precursora da ideia de elétron.

— Achei que você explorou muito pouco a produção bibliográfica de Ampère.

— Pô, da próxima eu tento aprofundar mais, tipo desenvolver.

— Olha, desculpa gente, vou falar pra todo mundo aqui, não é nada dirigido pra um só, como Presidente do nosso Clube: temos que manter o compromisso nos encontros, trazer o material bem lidinho pra comentar a fundo. Tem que apresentar mais detalhes da vida dos cientistas que escolhemos, que tiramos no sorteio, enfim. É só um toque, pras reuniões futuras, que tem gente vindo de longe, gastando tempo e dinheiro que a passagem de ônibus tá caro e a gasolina tá cara também. E a estrada aqui pra Jubirandaia anda um perigo, uma lamaceira que acaba com a gente, nós sabemos o sacrifício. Então, tem que preparar bem a apresentação pro Grupo, se puder fazer com slide, quem souber, tá combinado? Pra valer a pena a gente se reunir todo mês. Vamos se estimular com nosso amor e curiosidade pela Ciência. Agradeço a atenção de todo mundo, viva a Ciência e desculpe qualquer coisa.

Ter sentido

as pessoas tiveram sacolas tiveram maridos tiveram mulheres
tiveram dor de cabeça tiveram compromissos inadiáveis
tiveram saudades tiveram filhos tiveram amores tiveram vida.
as pessoas estiveram cansadas estiveram dormindo estiveram
dançando estiveram ausentes estiveram pensando estiveram
sorrindo estiveram voltando estiveram vivendo.
as pessoas quiseram ser quiseram fazer quiseram esquecer
quiseram encerrar quiseram inventar quiseram adormecer
quiseram despertar quiseram deixar-se viver.
as pessoas puderam sair puderam participar puderam retroceder
puderam chorar puderam comprar puderam cumprir puderam
acenar puderam ter puderam saber puderam casar puderam
jantar puderam oferecer puderam olhar a vida e ver a noite
caindo ver a febre baixando ver o peixe se debatendo.
as pessoas sentiram sede sentiram o peso dos anos sentiram o
frescor da pele sentiram medo sentiram um cansaço louco
sentiram-se leves sentiram-se menos sentiram-se importan-
tíssimas sentiram-se sós
e abriram um livro
talvez esse
aqui

VI.

Por fim.

Me conhecem, sim, já que falei o tempo todo. Dos cinco que eu criei, duas são mulheres. Apresentei-os aqui. (Menos um, sobre o qual ainda nada disse). Também tiveram seus filhos. Não os deixei perto de mim. Estão espalhados, mas prodigamente voltarão.

O OLHO ALHEIO SOU A FEBRE ALHEIA TALVEZ

Por ordem das histórias que contei, a Dalila. Dactiloscopista. (Fui cruel?). Fogo no rabo. Com o Hugo teve a primeira filha, e foi tendo um bando, cada um de um pai. Não sei que fim levaram. Da que foi ser professora, a primeira, sim, dessa eu sei. E aquele desequilibrado do padrasto que abusava da menina — a Dalila ainda defendia aquele monstro! Quisera fazê-lo morrer despedaçado no trilho do trem. Não o fiz? A minha desforra é que a Maria cresceu e superou tudo isso e tá lá bem feliz dando as aulinhas dela.

DENTRO DO RÁDIO A VOZ NAS RANHURAS DO DISCO A VOZ

Na segunda história, a Dorothy; às vezes, ela até me surpreendeu. Aquilo de vida no circo e os filhos músicos, por exemplo. Mas doeu-me quando uma das crianças foi deixada com aquela tia-avó do lado do Arnésio. O Arnésio, aliás, que Deus o tenha, nunca teve boca pra nada. Então foi aquela coisa absurda de *Yucca* e relatório e deu no que deu. A Grisélide era uma mulher pavorosa e a Dorothy foi inconsequente deixando a Maria com ela. Nunca me escutou.

CRIEI NOMES E MULTIPLIQUEI ESTAÇÕES;
AUTOBIOGRAFEI-ME PARA NÃO SENTIR-ME TÃO SÓ?

O Divoney teve um filho, o Zezinho, que eu adoro. A Maria que criou-se, que construiu a si mesma. A esposa do Divoney, uma tal de Aspásia, vi uma vez apenas. Uma cara de songamonga. Foi um deus-nos-acuda quando o Zezinho sumiu. Puseram no jornal. No rádio também puseram. Um rebuliço verdadeiro. Mas mandou notícias depois de um tempo, e até reapareceu um dia. Num tomara-que-caia de flores. Com peito e tudo. Teve até desmaio da sonsa da mãe dele. Dela, melhor dizendo. Sempre adorei o Zé Maria.

SÃO O RASTRO DEIXADO SÃO O PERFUME

Sim, todas as Marias, as destes papéis, são primas. Alguém se dará ao trabalho de, confrontando as histórias, verificar se isso pode ser real. Alguém que não eu.

ALGUMAS VEZES SÃO A FERIDA QUIÇÁ OS ABRAÇOS
COM VAGUEZA DE IMENSIDÃO

O Denizar não se casou com ninguém, nunca pensou nisso, vivia em bordéis, era um homem engraçado e bonito, não chegou a saber que seria pai de uma menina. Divertiu-se muito nas noitadas no "estabelecimento comercial" da Madrinha. Dele, a filha herdou a doença que o matou. E que matou a mãe da menina também. Ah, o Denizar sempre foi o meu favorito. Da filha dele, a Mariazinha, eu acho a mesma coisa que você.

ARRANCAR OS PÊNDULOS DOS RELÓGIOS — PARA ABRIR ESPAÇO

E já que já falei em favorito, encerro com o que gosto menos. Claro que tem isso de se gostar mais ou menos, mente quem diz que não tem. Sempre fui indiferente quanto ao Dulcídio, com aquela vidinha virtuosa e com a *pacata* (por falta de termo melhor) Milta. Onde foi encontrar aquela criatura tão absurda quanto ele? Em função das obsessões dos pais, a Maria deles acabou sendo apenas sombra do que poderia ter sido. Uma mulher linda, uma atriz excelente. Ainda vai desabrochar e calar a boca de toda aquela cidadezinha medíocre.

Aparecerão aqui na semana que vem. Menos um. Ele está morto. Estarão todos juntos aqui nesta casa onde nasceram. Virão atrás de uma herança que imaginam existir. E, claro que sim, existe.

A RECONFIGURAÇÃO DAS HISTÓRIAS MANCHA O BRANCO COM ESTRELAS.

Se cair na prova

P: Que são os Montes Apeninos?
R: Uma cordilheira lunar bem extensa.
P: Onde se localizam?
R: Na parte norte da face visível da Lua.
P: Por que receberam esse nome?
R: Homenagem aos Montes Apeninos na Itália.
P: Quais os limites dos Montes?
R: Sudeste do mar lunar e noroeste da Terra das Neves.
P: Em que consiste a cordilheira da Lua?
R: De várias montanhas, tipo o Monte Huygens (a mais alto), Monte Hadley e Monte Hadley Delta (onde que pousou a missão Apollo 15, em 1971).
P: Cite o nome dos Montes da Lua.
R: Wolff, Bradley, Huygens, Hadley e Ampère.
(silêncio)
Ai, não sei pra que saber de cor o nome desses caras!
P: Não acha importante reconhecer esses grandes cientistas, que dedicaram suas vidas a admiráveis descobertas sobre a Lua?
R: Bando de lunático! Vai saber se não estão inventando tudo!
P: Bem, na sua opinião o que é que deveria ser estudado, criatura?
R: Não essas bobeira da Lua; queria coisa do lugar da gente, coisa real que a gente sabe que é de verdade! Até já foi lá!
(silêncio)
P: Quando foi fundada a cidade de Coronel Rivôncio?
R: A região era habitada pelos índios junanpí e timbi'rambá. Lá por 1896 já tinham as primeiras tentativas de colonização, quando vieram as primeiras famílias de paulistas, mineiros,

paraenses, fluminenses, alagoanos, gaúchos e maranhenses. Foi emancipada como Município pela Lei 329, de 29 de agosto de 1900. É uma região bela e fértil, também conhecida pelo apelido de "Cunhã do Oeste Velho".

P: Por quais ciclos econômicos passou a cidade?

R: Um dos principais polos de desenvolvimento do Estado, em Cel. Rivôncio primeiro a maior cultura era da banana, depois lavouras de palmito e depois pedras semipreciosas e atualmente, ciclo de pastagens.

P: Por que recebeu esse nome?

R: Homenagem ao maior herói da região, Coronel Aldroaldo Rivôncio Naves Dias, que garantiu o progresso local pacificando os primeiros moradores da região e conquistou o Arroio Tremenduva pros rivoncioences, arroio que antes pertencia a Burió, sem derramar uma só gota de sangue dos soldados e nem dos inimigos.

P: Quais os limites geográficos de Cel. Rivôncio?

R: Norte é Vitória do Seno, no sul é Jubirandaia, no leste Nova Prússia e no oeste é Burió.

P: Quantos habitantes tem a cidade?

R: Agora você me pegou, que eu não sei esta bem certo, o número bem exato de gente por aqui. Tem bastantinho.

Detida com as mãos ainda sujas de spray — Em protesto pelo desenfreado aumento do papel sulfite, com o qual confecciona seus livros de ficção científica, a escritora alternativa Maria U. Dias, pichou a estátua do Reverendo Charles Woodmann, introdutor do papel em nossa cidade. Flagrada no ato, a escritora teve de ser removida às pressas pela polícia pois uma turba de admiradores do Reverendo manifestou sérias intenções de linchamento da vândala.

Bingo acaba em violenta briga — Duas mulheres se atracaram com ferocidade no último domingo no Bingo Ecumênico da Estação Araras em disputa por um livro de poesia que era a premiação da rodada. Uma delas, a escritora infantil Maria V. Dias, que perdeu dois dentes e fraturou uma costela no embate, alegou que a cartela da inimiga (não identificada até o presente momento) havia sido deslavadamente fraudada e que apenas a sua era a real vencedora da antologia.

Deu o cano, perdeu a mala — A escritora de memórias Maria X. Dias teve sua bagagem retida pelo gerente do Jacarandi Hotel uma vez que, após uma semana ali hospedada, com direito a café da manhã, tentou sair sem pagar a conta. A lei prevê que donos ou donas de hotéis, estalagens, hostels e pousadas podem reter pertences ou joias dos hóspedes caso a dívida para com o estabelecimento não seja quitada. A escritora declarou ter achado a medida "Ridícula!"

Quase foge sem devolver prêmios — Finalmente capturada, depois de dois dias de buscas, a romancista Maria Z. Dias, que havia recebido, erroneamente, um troféu e um vale-livros de R$150,00. Devido a um equívoco na apuração dos votos em um concurso literário local, o prêmio havia sido dado à escritora que, comunicada do erro, não demonstrou prontidão em restituí-lo. A mesma estava em fuga para uma cidade vizinha quando foi pega na rodoviária.

Criança e cão

Volto aos silêncios de sobrevivência.

Move-se o fauno em um sono que o faz figura de dança. Mas move-se apenas e segue dormindo. Desliguei o metrônomo. E escuto a caixa d'água encher, se duvidar escuto até a respiração do besouro. Compreendo as pessoas pela voz. E se alguém disser: As pausas e as suspensões são o mais importante. E se alguém disser: Quando é silêncio ouço grifos. E se alguém negar: Qualquer amanhecer encerra o melhor discurso.

O sonho tido como único é o que nos move.

Somos o agora lendário. Somos aquelas criaturas feéricas dos celtas dos gregos dos romanos sátiros e ao mesmo tempo estamos nesse ônibus nesse elevador nessa esquina nessa festa aborrecida de formatura nessa cama nessa sinuca nessa fila.

E uma tia ganhou as passagens num bingo e nas férias de infância contamos um segredo a outra criança e trocamos a água do vaso e fomos naquela sortista e estamos só olhando e usamos o fuquinho emprestado e no verão faz um calor insuportável naquela salinha e maculamos a brancura.

Relemos flores e queremos sempre ser outra coisa e temos preguiça de trocar as cordas do instrumento e alguém volta e alguém não voltará nunca e todo mês tem um aniversariante e neva sobre os bancos da praça e nos recusamos a mostrar os documentos e só tocamos em pianíssimo.

Abrimos os olhos no escuro e pensamos em consertar panelas e somos filhos únicos e ligamos pro chefe e depositamos as flores e o camundonguinho se esconde e hoje não conseguimos escrever nenhuma linha e repudiamos cartilhas.

Usamos a palavra destino e tudo nos significa e Sua Alteza insiste em usar cores fortíssimas e não tem nada de ir pra escola e tem que tomar o comprimidinho e a santinha é boa e perdoamos aqueles que perguntam.

Dentes e cabelos perfeitos o que foi dito no rádio nos calou fundo e levamos anos e anos pra gastar a última vida e somos bípedes e isso um edifício e temos que parecer mais altos pro teste. Pouca coisa mais altos.

Parecer.

Pouca coisa.

Curitiba, setembro de 2017

luci Maria Dias collin

CADASTRO
ILUMINURAS

Para receber informações
sobre nossos lançamentos e
promoções, envie e-mail para:

cadastro@iluminuras.com.br

Este livro foi composto em *Scala* pela *Iluminuras* e terminou de ser nas oficinas da *Meta Brasil Gráfica,* em Cotia, SP, sobre papel off-white 80 gramas.